JOANA a CONTRAGOSTO

MARCELO MIRISOLA

JOANA A CONTRAGOSTO

EDITORA RECORD
RIO DE JANEIRO • SÃO PAULO
2005

CIP-BRASIL. CATALOGAÇÃO-NA-FONTE
SINDICATO NACIONAL DOS EDITORES DE LIVROS, RJ.

M651j Mirisola, Marcelo, 1966-
Joana a contragosto / Marcelo Mirisola. – Rio de Janeiro: Record, 2005.

ISBN 85-01-07255-9

1. Romance brasileiro. I. Título.

05-3205 CDD – 869.93
CDU – 821.134.3(81)-3

Capa: Tita Nigrí

Direitos exclusivos desta edição reservados pela
DISTRIBUIDORA RECORD DE SERVIÇOS DE IMPRENSA S.A.
Rua Argentina 171 – Rio de Janeiro, RJ – 20921-380 – Tel.: 2585-2000

Impresso no Brasil

ISBN 85-01-07255-9

PEDIDOS PELO REEMBOLSO POSTAL
Caixa Postal 23.052
Rio de Janeiro, RJ – 20922-970

Para minha filha desaparecida

Um agradecimento.

A Patrícia Cornils, que teve o mesmo pesadelo que eu tive.

"Eis aí: somos escravos do desejo da fêmea, ou então não somos nada. Meu velho pai já dizia: 'Se te sentires surdo ao clamor do belo sexo, melhor farás fechando-te no claustro. Todas elas são umas vacas'... E eu, que nessa ocasião estava com uns 11 anos, acrescentei: 'Graças a Deus!'"

José Carlos Oliveira

Joana a contragosto

Trepei com Joana cinco vezes e sem camisinha, o que me deixou orgulhoso e envaidecido — a princípio mais pela quantidade do que pela aproximação. Isso se eu não tivesse cometido a besteira de querer amá-la ao mesmo tempo.

O tipo de situação, há três semanas — antes de receber o primeiro email —, para mim descartada de antemão, e absolutamente improvável: "aqui vai minha bundinha".

Não sei se continuo o mesmo cara sozinho e contra os fluxos mamíferos dos seres humanos. Depois de tudo, não sei. Uma vez, meu amigo Reinaldo Moraes me disse o seguinte: "Um dia você vai gozar dentro da mulher que te ama." Talvez tenha acontecido uma variação dessa profecia: gozei dentro de um buraco que me amava?

Joana, hoje, é o buraco onde me enterrei? Só isso? Não sei, não sei. Talvez eu esteja sendo "apenas melodramático"... bem, a única certeza é que deixei meu esperma lá dentro junto com todas essas dúvidas — e que Joana (por uma noite) me tirou da miséria sentimental de quarenta anos. Oh, Deus...

Na manhã seguinte não quis atender meu telefonema. Disse para eu ligar outro dia.

Ela me fez entender que, além de me tirar da miséria sentimental de quarenta anos, também havia eliminado nosso filho com o comprimido do dia seguinte. Estava com sono. Pela primeira vez — alguém que não era eu mesmo e minha solidão — conseguia matar algo 50% original saído de dentro de mim. Não se tratava apenas de ficção. Resolvi insistir. Ela merecia. Eu também. Mais cedo ou mais tarde, Joana iria me atender. Claro que sim, e pela primeira vez (em circunstâncias comezinhas) eu iria — outra vez — amar uma mulher como se a fodesse de verdade.

Ou seja: não seria nada fácil para Joana livrar-se dos meus outros 50%. Apostava nisso. A meu favor, tinha o Viagra e a procissão de almas mortas registradas nos cemitérios (ou livros, tanto faz) que eu havia publicado, e que ela tanto admirava. Ah, tolices... como se Joana pudesse atender aos meus chamados ou incorporasse o demônio da ficção de pernas abertas a me dizer: "era assim que você queria, então... agora me come". Exatamente como eu queria.

Sem dúvida, Joana foi o melhor papai-e-mamãe que experimentei. Tinha a bunda mais macia e redonda que conheci e uma língua que trabalhava em movimentos espirais e circulares. Os movimentos valiam tanto para o beijo fugido (daqui a pouco escrevo sobre o beijo) como para o sexo oral — este último surpreendentemente melhor do que o papai-e-mamãe. Não é o caso de dizer que nos entendemos, porém se eu dissesse que "não" estaria sendo injusto com a língua de Joana e com o pequeno defeito em sua arcada dentária — ademais, o boquete tinha outros complementos: uma bucetinha mijada à la carte, e Joana em volta.

Portanto, trepamos. E foi uma tesão. E ela não gozou, e disse que o problema era dela. Gamei.

Joana depilada à antiga ("Só pra você, meu amor"). Só pra mim!

Ah, meu Deus... o beijo. Joana entrou naquele quarto de motel feito uma cega, linda e esquiva — lambia pelas diagonais para achar e/ou se apoiar em alguma coisa que não estava ali, me envolveu com um beijo que não existia (que até hoje procuro entender...) mas que certamente serviu para me puxar e ao mesmo tempo para esquivá-la, imagino, desse mesmo lugar incerto ou "coisa lambida"... aí fui arrastado, queria saber se ela, Joana, era "de verdade" e ela me respondeu com cabelos lisos e não fez nenhuma questão de dissociar a "verdade" da "mentira" posto que ela mesma era uma invenção ou um desdobramento meu que me fugia, vale dizer, eu não alcançava sua língua, no entanto, o repuxo era mais forte e arrastou tesão e desentendimentos para a cama, ela desviava o olhar dos meus olhos: não porque era cega mas — agora entendo — porque fui eu o responsável pelo beijo que não existiu e Joana, conforme havíamos combinado, estava bêbada de uísque "te espero à meia-noite, no motel... bêbada de uísque, meu amor", e tinha que levar os seus e os meus desfazimentos (nunca os nossos) até o fim, e isso queria dizer que eu devia arrancar-lhe a calcinha preta e enfiar meu pau lá dentro e tentar, mesmo sabendo que alguma coisa estava errada, beijá-la e fodê-la ao mesmo tempo, esquecer minhas maquinações e somente me concentrar na porra que iria jogar dentro dela, quer dizer, fazer a troca entre uma coisa e outra, matar a ficção e ter a mulher de verdade em meus braços... ou ainda, se tínhamos algo em comum, era a vertigem, e essa vertigem embora fosse equivalente não era conluio, havia sim um desacerto, isto é, ela ainda se esquivava às pedaladas e fingia ou tentava acreditar em si mesma... e eu dava lá minhas estocadas ou pensava ter "a mulher de verdade em meus braços".

A situação não permitia recuos. Daí que não consigo entender — depois de tudo? — como é que ela pôde se afastar ou como ela não sofreu da mesma solidão que eu sofri, se ao mesmo tempo foi depósito do meu amor e fruto de todas as minhas pragas, preces e danações, como é que ela pôde ter se separado de mim, se fui eu quem a inventei? Sim, eu mesmo... com minha própria porra e acreditando, pela primeira vez na vida, que havia me livrado de todos os meus sarcasmos e indiferenças e que "porra" e "esperma" eram a mesma coisa, vale dizer, eu não estava lá naquele quarto de motel vagabundo para escrever outro livro, mas para emprenhá-la e driblar a morte dentro dela (até meu egoísmo disse que sim...), como se a realidade pudesse ir contra o gigante e ser maior que meus fogos, dividida apenas entre nós dois chimpanzés, eu e Joana; uma realidade apartada do talento e maior que a maldição — por que não? Será que Joana teve ciência das desgraças e da grandeza que nossa foda poderia suscitar?... minha suspeita é a de que ela talvez preferisse ignorar o que eu resolvi chamar de "os dados da maldição que contém todo o milagre"... ou talvez não fosse o tempo dela ou talvez tivesse uma percepção dissipada quando fugia do beijo... como se adivinhasse abismos e se defendesse de si mesma e da minha invenção — tanto faz — era tudo espiral, tesão e beijos fugidos e Rio de Janeiro, e Joana não tinha nada a ver com isso! Ora, eu é que havia incluído ela nessa história e havia me esporrado todo e absolutamente sozinho (e da maneira mais patética, sertaneja e previsível) dentro do seu útero... qual a parte dela? Bem, creio que ela fez o que tinha que ser feito. Nada mais nada menos do que me excluir junto com a indiazinha, minha filha meia-boca que ela matou com o comprimido do dia seguinte.

— Se eu fosse Joana, faria o mesmo, ainda que por instinto.

Daí que compartilhamos tacitamente invenção, aborto e um amor que não sobreviveria à tesão, nem ao dia seguinte: morreria antes mesmo de a carne ser apodrecida ou fecundada, dava no mesmo. A culpa e a porra — todavia — eram minhas. Não quero, agora, tripudiar de Joana mesmo porque ela já é uma tripudiada por si mesma, porra-louca, filha do abismo, tão ululante como a morte no dia seguinte, não, não vou fazer isso (por enquanto o inferno é todo meu): merda! Fui eu quem a inventei, fui eu quem lhe deu o abismo, a falta é minha: a enchi com minha porra para me salvar (a mim, meu Deus! E não a ela...) da maldição que é sobrevoar os abismos e ser a não-língua, ir embora, não dar telefone nem endereço... Como é que Joana pôde ter agido dessa maneira?

À minha maneira, pois.

Eu não devia me espantar: ela cumpriu o itinerário que devia cumprir e que eu, em última análise, estabeleci para mim, que é o itinerário do amor, cuja última estocada leva ao aniquilamento... simples, o itinerário que elimina uns para inventar outros: eis a maldição, o lugar da solidão perpétua, do "para sempre"... e, enfim, por uma noite apenas... Joana cumpriu todas as etapas e matou e morreu, embora nem desconfiasse ou tivesse uma vaga percepção ao fugir acertadamente do beijo. O beijo fugido, assim, assim foi o beijo.

Quanto à foda, posso dizer que estávamos nas mesmas condições. Pelo menos nas mesmas condições físicas — disso não tenho como duvidar —, além do que o risco de Joana era maior, podia "pegar" várias doenças e um filho eventualmente; daí que ela se abriu, sim, junto comigo e apostando tudo em mim (em mim?...). A diferença é que eu trepava comigo mesmo e apostava em nós dois... e acreditava que Joana trepava do mesmo jeito.

De frente, eu tomava minha mulherzinha como se tivesse a responsabilidade do Espírito Santo na hora que comeu a Virgem Maria, embora não me importasse com o resultado a longo prazo, tanto fazia se o fruto do nosso amor fosse um Jesus Cristo ou um mongolóide, o que valia é que trepávamos uma "foda honesta" (da minha parte foi honesta, garanto que sim) e, fodendo daquele jeito, poderíamos levar a vida adiante, mesmo porque não havia outro jeito de trepar, porque os camundongos fodiam da mesma forma e nunca teriam a felicidade de fugir do beijo e, nós, ao contrário, sabíamos (eu acreditava...) que não éramos camundongos e, por isso, não tínhamos a necessidade de "nos proteger" nem com preservativos nem com tabelas nem contraceptivos –

apenas fugíamos um do outro. Como é que dois condenados podem se proteger do "para sempre"? Eu tinha nada mais nada menos do que a "maldição que contém todo milagre", "os dados" ou o "para sempre" em meus braços. Daí é que foi uma foda honesta. Minha primeira vez. Joana se imiscuía (ou aninhava-se) feito uma lagartixa elíptica. Conforme eu a estocava com mais e mais violência, podia sentir os pés dela pedalando no ar, tentando agarrar-se às minhas costelas... e isso me dava tesão e eu tentava alcançar seu estômago com minha pica e então eu escorregava meu corpo mais para frente, com o intuito de sufocá-la com minhas omoplatas (vejam só do que um papai-e-mamãe é capaz), se ela perdesse o ar, calculei, podia até morrer em meus braços e chegar pedalando no céu... nessa hora Joana trabalhava um jogo de língua circular em minha boca que me confundia um pouco e dava mais tesão e fazia com que eu recuasse e desse umas aliviadas nas estocadas, e assim ela retomava o ar — e pedalava, pedalava. Acho que era para se defender... como eu já disse.

Os beijos circulares, ou o mesmo movimento em espiral que Joana usava para lamber a base da minha glande, têm um nome. Que remete a chapéu. Ou algo que tenha abas, uma base côncava que se preste a lambidas espiraladas... vale que este "algo" era mais do que um boquete e ao mesmo tempo era tesudo e reconfortante porque, de certo modo, fazia com que eu caísse em decúbito e descansasse das minhas próprias investidas. Não sei se "descanso" e "reconforto" são as palavras exatas. Mas sei que Joana trabalhava por mim e sei que foi só o começo.

Depois, entendi seu beijo e conheci seus dentes — era como se Joana se abrisse aos poucos ou como se tivesse outra vagina na boca, com todas as nuances, lábios horizontais e verticais, desvãos e reverberações da vagina de baixo, e com a vantagem de ter uma língua polpuda na defensiva que beijava em espirais (do mesmo jeito que chupava minha pica). Meus braços tremiam e várias vezes perdi o equilíbrio, escorregava. Aí eu ía a nocaute e outra vez ela me cavalgava. Outra modalidade ou especialidade de Joana, que era toda uma língua e que lambia meu corpo feito um invertebrado ou como se tivesse a capacidade de se desdobrar sobre si mesma e inventar outro corpo para mim (igual ao dela), a ponto de deitar sobre meu pau sem dobrá-lo, íamos para frente e para trás sem sair do lugar. Até que nos despregamos.

— Não gozei — foi o que ela me disse; e acendeu o cigarro.

Abri uma latinha de cerveja. Ofereci um gole a Joana, e ela me deu uma beijoca gelada. Muito bom. A conversa meio que empacou e eu procurei mudar o tom ou dar um jeito de consertar, através das palavras, "o lapso mamífero de Joana". E lhe disse:

— Não gozou? O problema é seu.

Ela concordou, e riu. Era a tiete, um espelho do quarto, eu mesmo, qualquer coisa que me enganava e enganava-se a si mesma em razão de uma boa história que havíamos inventado e que, em última análise, havíamos levado até o final, juntos.

Na verdade (descobri dois dias depois) Joana sabia que o fato de a nossa foda não ter sido tão boa quanto o meu comentário "o problema é seu" salvaria apenas o comentário. Quero dizer que não dá para trepar somente com as palavras, embora às vezes seja o mais prudente e necessário.

Curioso: a bunda redonda não tinha muita graça vista de quatro. Só encantamento. Penso que deveria ter enfiado umas bolachas naquela bunda branca. O problema é que fatalmente eu iria errar na intensidade. Nunca havia batido em mulheres. Melhor não bater — fiz uns cálculos — do que bater sem a devida força.

Mas quando Joana virava de lado sabia pedir picas e, nesse momento, tive outra primeira vez: isto é, investi "minha pica" lá dentro porque ocasionalmente era "minha pica" que estava atrás da bunda de Joana (ela, a bunda, pedia qualquer negócio: podia ser um índio Pataxó, ou o bico de um tucano, tanto faz); a partir daí pude segurá-la pelas coxas como nunca fizera com outra mulher, digamos que usava todas as minhas carnes contra as carnes dela — que rebolavam sempre em movimentos espiralados e na direção contrária... para mim, foi a melhor foda das quatro. Antes disso, eu havia chupado seus peitinhos a pedido: "chupa, chupa meus peitinhos" e entrado na segunda fase do beijo em espiral.

O melhor momento para Joana — depois me confessou — foi da terceira para a quarta foda, quando, ao pé do ouvido, pedi a ela que "abrisse as pernas". Bem, agora não sei se foi ela quem "confessou" ou se fui eu quem tive essa impressão: à parte os malabarismos, Joana era minha "mulherzinha" e me obedecia, "abre, abre as perninhas".

No final, quando quase acertávamos os ponteiros da ficção com a realidade, a recepcionista ligou avisando que acabara nosso período. Saí de lá de pau duro; havia esporrado cinco vezes dentro de Joana. A gente não combinava.

Uma noite carioca antiga

Se eu dissesse que fomos sugados ou que mergulhamos numa noite carioca antiga, estaria cometendo um lugar-comum. Todavia penso que depois de darmos uma foda daquelas — e em tais circunstâncias... — eu e Joana fizemos por merecer todos os lugares-comuns que pudessem nos engolir, engolfar ou tragar noite adentro... a leveza em todo caso era menos uma presença obrigatória e mais uma companheira dos nossos vultos e do Largo do Machado quase vazio. As ruas estavam evidentemente imundas e um mendigo cagava na calçada, diante do Hotel Serrano. O lugar não era nada mágico. Mas a noite era antiga mesmo — asseguro que sim. Então, eu tive um certo pudor em pegar na mão de Joana... sei lá, achava que ia escorregar. Não sabia como fazer. Talvez não tivesse vocação para "conduzi-la" e não tivesse vocação para olhar nos olhos dela e etc. etc. e a gente não combinava mesmo e ela estava mais interessada em atender o telefone celular e falar com a amiga do que ser "conduzida" dentro de uma noite triste e antiga por um cara mais triste e envergonhado que, além de tentar disfarçar o pau duro, morria de medo de ser morto na próxima esquina... Joana caminhava rapidamente e dizia — ao mesmo tempo em que ria ao telefone — para eu relaxar, estava acostumada com as noites cariocas e contava com "três entidades árabes" a protegê-la. Acreditei, fiquei orgulhoso das entidades árabes que a protegiam e me senti definitivamente fisgado por ela, e alheio. Nesse momento, tive um dos meus piores e mais bonitos pruridos de solidão — eu não participava daquilo e não tinha opção diferente de me incluir. Uma mistura de ternura com naufrágio, este era meu sentimento por aquela garota que me conduzia a tiracolo: apesar da noite antiga, apesar de mim.

Se as coisas não combinavam... ou se tínhamos um final de noite antigo (e triste) pela frente, ao menos — na pior das hipóteses — fazíamos companhia aos nossos vultos e estranhamentos. Isso foi bonito. Era como se nos conhecêssemos demais, antes do tempo e para além do sexo e das risadinhas que ela balbuciava à amiga do celular: "Foi do balacobaco, depois te ligo." Eu achava graça, concordava com tudo. Até que consegui alcançar a mão de Joana. Imediatamente, ela tratou de livrar-se de mim, a pretexto de pegar alguma coisa na bolsa, acho que era o comprimido.

Atravessamos a praça onde José de Alencar esperava sentado pela eternidade, eu e minha Iracema — antes do trocadilho, isso foi genial — e, dali a cinco minutos, dobrando à direita, chegaríamos ao Lamas, um botequim comprido e de piso quadriculado, é do que me lembro — e também me lembro de garçons à antiga e de espelhos descascados pelo tempo. Vampirinhos.

Os amigos e amigas de Joana. Uma gordinha vestida de sexta-feira 13, destoando do tempo e do lugar (fiquei incomodado: todos destoavam), não retribuiu o cumprimento de Joana: a desprezou mesmo. A recusa ou "aquilo" humanizou o gesto de "minha namorada" e a trouxe para mais perto da minha falta de graça — ah, era a primeira coisa (livre do sexo) que tínhamos em comum, vibrei comigo mesmo e não fiz nenhum comentário. Um garoto veio abraçá-la. Para mim, não fez diferença, pedi uma cerveja e permaneci anestesiado.

Não fez diferença porque antes de experimentar os ciúmes eu tinha que aproveitar a companhia da minha primeira namorada. Isso. Era a minha estréia social "acompanhado" depois de quarenta anos, como se eu passasse da fase agrária sentimental para a robótica da tesão sem ter experimentado as bandinhas brasilienses da minha adolescência — período no qual sabiamente eu havia me trancado no quartinho da empregada. Eu dizia para uns e outros, conhecidos e desconhecidos de

Joana: "como vai?", "boa noite", "e aí, beleza?", e me esforçava para deixá-la à vontade, "minha namorada". A primeira. Por duas vezes, Joana acompanhou meu esforço e me chamou para mais perto de si; presenteava-me com beijocas molhadas. Sei lá, talvez estivesse me exibindo aos vampirinhos que não estavam nem aí para ela. Talvez. Se eu quisesse sobreviver àquele boteco, depois da melhor trepada da minha vida, com uma garota vinte anos mais nova, teria também de agir como um tiozinho. E foi o que fiz — mesmo porque não podia ser diferente. Acho que fui escroto, porém na medida certa: para guardar a distância devida ou para separar as coisas que, sem saber, eu havia embaralhado e perdido para sempre. Pedi outra cerveja. Ela não me acompanhou e eu quis dar uma de fodão. Pedi outra e lhe disse que, depois de cinco trepadas, tinha que tomar pelo menos dez cervejas. O problema é que me arrependi da piada imediatamente. Em vez de olhar nos olhos de Joana como ela olhava os meus, alonguei a piada e "discorri" sobre os mais variados assuntos. O resultado é que perdemos definitivamente a tesão dos espirais que há pouquíssimo havia nos arrastado debaixo dos lençóis. Até que Joana se deu por vencida, e murchou. Ainda assim, continuava linda.

O dia amanheceu. Fomos os últimos a sair do Lamas e nossa trepada também estava cada vez mais distante. Na calçada nos abraçamos longamente... foi a primeira reconciliação, creio que sim. Ou melhor, agora entendo que sim. Acordei o motorista de um táxi e embarquei Joana. Antes de o carro partir, ela me chamou da janela e me deu outra beijoca. Por um breve instante, tive a convicção de que o abraço e aquela beijoca renovada tinham sido melhores que as cinco trepadas... se não melhores, pelo menos mais humanos e bonitos, e era essa beleza que iria trazê-la de volta... de onde, exatamente, eu não sabia... mesmo porque jamais poderia imaginar que Joana iria embora para sempre e que era a última vez e a primeira vez que esteve comigo de verdade.

O desencontro nos aproximava de alguma coisa definitiva e caipira, isto é, de alguma forma havíamos "adquirido um passado" independente da despedida e do dia seguinte. Ela me acenou do táxi, triste.

O último beijo. O primeiro também. O abraço longo em seguida. O mais bonito, cinematográfico e apaixonado que ganhei. A noite antiga havia encerrado todas as minhas expectativas. Dois dias depois, ela me diria que teve vontade de vomitar, e que foi a noite mais bonita de sua vida. Estava feliz.

Quero tentar entender por que cheguei até aqui

Apesar do oba-oba, e depois de cinco livros geniais, continuo solitário e destoado, pateticamente furioso e com a sensação de que não saí do lugar. Não consegui nada. Ou pior: corrompi e destruí tudo o que eu amava e tudo o que eu odiava.

Joana foi até o fim comigo. Não sei se ela foi a "mulher de verdade". Ou a "única que conheci em toda a minha vida". Ou a responsável pelo fato de eu ter chegado até aqui derrotado e completamente cético quanto ao futuro, o amor e todos os seus subprodutos e desdobramentos. Sinceramente, não sei.

Ela foi escrota comigo. Talvez eu não tenha sido tão escroto com ela, talvez tenhamos acertado as contas?

Tripudiamos. Deve ter sido amor. Foi uma merda.

Da minha parte — antes, antes dela — pensei que sendo honesto comigo mesmo e "botando pra foder" indiscriminadamente, eu conseguiria me livrar de mim, ser feliz e ter o sossego merecido. Idiota, fui um idiota. Me detonei e incluí Joana (embora ela tenha facilitado as coisas). O fato é que perdi o encanto dos meus primeiros tempos suicidas — porque até isso compartilhei com Joana. Antes dela eu optava pelo sacrifício... e renascia. Sempre e cada vez mais forte. Agora não.

Se eu dissesse apenas que foi difícil chegar até onde chegamos, e que depois de tudo eu não sabia o que fazer no aeroporto... e que o dinheiro que consegui escrevendo sobre minhas miudezas e sobre a miudeza dos outros apenas me fez andar para lá e para cá feito uma barata zoada — e que se dependesse dela eu jamais saberia para onde ir — e que ela foi minha guia e que sem ela eu jamais chegaria a esse lugar nenhum... — e se eu dissesse que fiz questão de não usar camisinha porque acreditei em Joana e confiava que todos os meus males se encerrariam dentro dela... ou, ainda, se eu dissesse outra vez que ao me abandonar ela me devolveu a mim mesmo (o que é muito mais grave)... ou se eu dissesse que a única coisa que me deixou feliz — depois de Joana — foi uma empadinha de palmito que comi no Santos Dumont... enfim, se eu repetisse tudo o que minha memória e a falta me dizem, para, entre outras coisas, me preservar de Joana, não teria chegado até aqui: aos trancos e ainda um pouco lúcido, apesar disso tudo.

Se eu repetisse o mesmo vôo e o Rio de Janeiro lá do alto, eu estaria apenas entoando uma versão triste do "Samba do avião", a versão da partida, e assim levaria comigo somente os livros que escrevi. Se o Rio não fosse cinza lá fora, e a cabeça do Cristo não tivesse sido estrangulada por nuvens de magnésia bisurada, eu não conseguiria falar de Joana — infelizmente é assim, infelizmente é o que me interessa. Não quero esquecer nenhum detalhe.

Sobretudo não quero deixá-la de fora do estrago que fizemos um ao outro. Confesso que seria muito fácil... se eu dissesse que outra vez me apaixonei pela mulher errada. O problema é que ela incorreu na mesma besteira e se apaixonou pelo homem errado? Sei lá... Oh, Deus! Por que não consegui? Foi Joana que fez o que eu deveria ter feito? Foi ela a cafajeste, então Joana fez os pactos e cometeu o assassinato em meu lugar? Não, não posso aceitar essa hipótese.

Em primeiro lugar porque comecei a escrever pelo fogo. Algo consumia meu esôfago e eu tinha que dizer não. Depois quis o mundo. Não esse mundinho babaca que consegui e que tanto atraiu Joana — quis a *zeitgeist* para mim e acabei nos barzinhos da Vila Madalena, fazendo graça e enchendo a cara junto a um monte de escritores de quinta categoria que só faziam me aguilhoar pelas costas... gente sem talento e estúpida... Joana me levaria a outro lugar... só ela. Se não fosse Joana, eu acabaria minusculamente bem-sucedido... e o dia que eu quisesse retomar o fogo que me consumia antes disso tudo, me diriam (como me disseram...) para eu calar a boca, porque eram meus amigos e gostavam de mim. Ah, Joana.

Não posso afirmar que fui traído. Também não é o caso de dizer que me traí. Aconteceu de Joana me conduzir porque eu não tinha para onde ir. É simples: eu só não troquei as miudezas do convívio na Vila Madalena pelo mendigo que atravessava a rua do outro lado porque não tive capacidade de fazer essa troca (provavelmente estaria arrependido, mas essa é outra história) e o que consegui, em suma, foi quase ter chegado no mesmo nível desses escritorezinhos da Vila. Joana me salvaria se não fosse como eles?

Não, não é isso. Joana era melhor.

De certo modo, tenho que ser grato a Joana. Apesar de tudo, estou aqui: repetindo o mesmo erro de escrever outro livro para me livrar de mim mesmo e, em última análise, para me livrar dela, Joana.

Essa foi a troca que consegui — a contragosto. O que já é alguma coisa.

Não obstante tenho que admitir que o pé na bunda foi didático, admito sim. Ah, meu Deus...

Nem vale a pena entrar em detalhes do tipo o sol nascendo no posto três depois da nossa noite de chimpanzés, ela me acenando do táxi, triste. Nossa primeira despedida, cada um indo pro seu lado. Melhor deixar esses detalhes pra lá. O que vale é que, na maior parte do tempo, Joana me municiou para o assassinato que escolhi (que nos escolheu, aliás). Ou ainda: engendramos nosso primeiro e último encontro, apostamos um no outro. Até o fim. "Se quisermos nos arrebentar... vamos até a bagaça." Ora, esse tinha sido o nosso acordo desde o primeiro email trocado.

Não importava que aquilo (nosso encontro?) fosse inviável. Em princípio, a liberdade do vôo era a única condição para voar. É brega? Claro que é. Mas apostamos nisso. Eu, ainda mais tolo e caipira, apostei no amor. E ela dobrou a oferta e incluiu a tesão no jogo perdido. Grande mulher. Uma biscate. Linda, enfeitiçada.

Ter uma mulher como Joana não é algo fácil, que se resolva numa boa trepada. Ela me deu os subsídios para que eu pudesse enfrentar o pior dos meus inimigos, que era — e continua sendo — a solidão. Tive sorte porque entendi que havia me transformado num escroto. Devo isso a Joana. Sem exageros. Um amor de verdade serve para isso mesmo: para velar a si mesmo e aos nossos mais escrotos momentos de solidão. O resto é aparência, sexo, pistão, bate-e-volta. Arena de chimpanzés.

À solidão, portanto.

Que monstro é esse? A primeira providência para responder ao monstro é saber quem pergunta por ele. Se for o sujeito que há três semanas ainda acreditava (ah, que insistência...) em amor com vista para o mar, a resposta evidentemente seria luto, morte, dor e agonia: e o fracasso absoluto sob todos os aspectos. Agora, se a pergunta for respondida pelo sujeito que escreve nesse instante, a resposta é: tudo isso e mais um pouco de morte, fracasso, dor e agonia com uma bela vista para o mar encapelado do Leme. De um jeito ou de outro, o mais importante é saber que, independentemente da ocasião e apesar de quem é esse monstro e por quem ele pede, a resposta é a mesma: Joana não me quis, e acabou.

Vila Madalena, há seis meses

À época eu procurava uma mulher de verdade (parece piada...). Havia recém conhecido Márcia Denser e lido seu "Diana caçadora". Márcia sobreviveu a si mesma — diferente de Ana C. e Silvia Plath. São quatro mulheres (agora incluo Joana) que provocam assombrações em mim e que, em comum, digamos, "fizeram o que tinha que ser feito". Márcia e Joana estão vivas e são vultos de carne e osso. Márcia é um vulto de si mesma, Joana é meu vulto. A comparação é forçada, reconheço: mas tenho que aproximá-las para chegar a algum lugar... Pois bem, quanto ao fato de Márcia não ter se matado, eu diria que essa opção — a despeito da "assombração em vida" e da sobrevida redundante — é uma prova de que o sobrenatural trabalha contra o sobrenatural, isto é, ela, Márcia Denser, tornou-se um íncubo de sua própria obra, a mais veemente e deslavada forma de condenação e confronto que uma escritora poderia oferecer a si mesma e aos seus leitores. Alcançou uma glória meio póstuma, meio calabresa: no que isso tem de mais triste e sublime.

Não sei se Joana suportaria tamanho peso. Sinceramente, como apaixonado, é a última coisa que desejaria a ela.

Ou ainda: queria Joana para tirar cria — e jamais me interessei por suas fortuitas "qualidades literárias". Peguei engulho do eterno, compreendem? Não obstante, foi como escritor que ela me procurou. Estava interessada em si mesma e precisava de um álibi ou de um "igual" que dissesse SIM. Eu disse, claro que disse. Joana me esperaria bêbada de uísque.

Vou falar um pouco mais de Márcia Denser. Outro dia fui visitá-la por ocasião de um útero (sei lá, no caso da Márcia podia ter sido um caroço de manga espada... tanto faz) que ela havia tirado de dentro de si. A retirada da "coisa" era recente. Márcia me recebeu toda faceira, e menos inchada do que eu supunha. Ouvimos tangos fantasmas numa vitrola fantasma, afagamos os vampirismos bobocas um do outro, e ela, sozinha, derrubou duas garrafas de vinho licoroso. Eram umas duas horas da tarde, acho. Me deu uns comprimidos e me receitou antiácidos "que tiram com a mão". O telefone tocou.

— Oi, sei, sei. Faz o seguinte, toma um Prozac. Agora tô ocupada, M.M. está aqui, tchau.

Ah Márcia... quanto profissionalismo. Coisa de vampira generosa e fã de Piazzola. Então ela me mostrou as cartas de amor que Lobo Antunes lhe escrevera em meados dos oitenta, e eu fiquei um tanto aliviado — não guardei "proporção" nenhuma, é bom que se diga — por saber que Márcia fora a Joana dele, e que o autor de "Os cus de Judas" conseguiu ser muito mais piegas, iludido e derramado do que eu estou sendo agora — embora não tenha publicado o caso. Mas tudo bem.

Não vou revelar detalhes melosos da correspondência porque realmente admiro Lobo Antunes e fiz uns cálculos escrotíssimos a partir de suas cartas. Ora, se o português que merecia ganhar o Nobel no lugar de Saramago escrevera aquelas banalidades por conta de um amor perdido... eu e meu pé na bunda já fazíamos por merecer pelo menos dois Nobéis: o da Paz e o da Literatura. O primeiro por ter me sentido tão estúpido quanto Lobo Antunes e, ainda assim, ter poupado Márcia-espelho-de-Joana quando chorou o amor perdido do portuga que ela mesma assassinara; e o segundo Nobel, o da Literatura, por minha prosa ser oceanicamente melhor que a de Lobo Antunes e Saramago, juntos... enfim, segundo meus cálculos, a Fundação Nobel me devia dois milhões de dólares... talvez três milhões — e aí eles teriam que inventar uma nova categoria —

por eu não ter compreendido o que aquelas duas bucetas cruéis e sem nada por dentro (uma sem útero e sem alma, a outra sem mim...) desde sempre quiseram e/ou fizeram comigo. O Nobel da Assombração.

Ou seja. Márcia era a mulher de verdade, mais agora do que nunca: prenúncio de Joana (?) e esvaziada do seu veneno primordial, o útero. Infelizmente tenho que reconhecer que Joana é uma grande candidata a chegar lá... talvez acabe louca, bêbada, oca e divertida como Márcia, talvez cumpra o mesmo itinerário que Ana C., Silvia Plath e a própria mãe cumpriram... e se mate. Vai saber? O que eu sei é que essas mulheres me assombram e, antes de Joana, a mais grudenta foi Ana C. Um verdadeiro encosto do qual só consegui me livrar ao conhecer Reinaldo Moraes. Ele humanizou a "coisa" e a si mesmo. O admiro por ser o autor de "Tanto faz" e sobretudo por ter conseguido esquivar-se da própria grandeza. Taí a humanidade. O invejo: gostaria mesmo de ter a capacidade que ele teve de assimilar a merda da vida como ela não deveria ser... abraço aí, Reinaldão.

Mas eu estava na Vila Madalena. E falava de um acontecimento de "beira de balcão". Quando eu procurava a "mulher de verdade" e mosqueava num boteco metido a besta, o Canto Madalena. Afeiçoei-me em chamar esse lugar de "casual premeditado". Explico. O sujeito come ovos amarelados nostálgicos e tira-gostos dos anos cinqüenta — o mobiliário e o fundo de quintal são convincentes — e, na condição de *habitué*, acredita mesmo que João Gilberto e a turma da bossa nova são possíveis, e o pior, inventa mulheres que não existem para embalá-lo nesse ufanismo milimetricamente calculado. Quer dizer, fica muito à vontade. O problema é que na hora de pagar a conta se fode de verde e amarelo. Um chope custa quatro reais, os garçons são uns trogloditas, e o ambiente é perfeito para o desfile de boinas à Guevara, suspensórios coloridos, muita falta de talento e o lançamento de antologias geracionais. Às vezes a gente cai nessa — e ainda paga **a comanda** dos outros. Aí me aparece Suzi Chang.

Amiga da amiga de fulana que divide um apartamento com duas garotas bacanas que namoram (as duas) um primo da amiga de ciclana — que, pasmem, não é gay! Na verdade, Suzi não era japinha, mas coreana... e não abria mão de sua origem, embora já estivesse acostumada a explicar sempre a mesma história... de que não era japinha mas coreana, e isso queria dizer que, além de ser amiga de fulana e repartir o apartamento com o primo de ciclana, que não era gay, tinha uma "fantasia". Ah, uma fantasia!

Ao ouvir a japinha falar em fantasia, imediatamente acordei do enfado. Lembrei do saudoso Wanderlei — até o Wanderlei que não se escreve com "w" mas com "v" tem suas fantasias .

— Até o Vanderlei! — foi o que eu disse.

O comentário passou despercebido. Não me importei, mesmo porque já havia registrado as "fantasias" do Vanderlei no meu "Herói devolvido" e Suzi, a japinha, digo, coreana, acendia um cigarro no outro e anunciava alegremente suas bipolaridades e fantasias: queria ser "puta de rua dessas bem bagaceiras, de hotel barato".

Ela que trabalhava num escritório de advocacia e freqüentava ofurôs. Uma perua. Então saquei dez "*reaus*" do bolso e disse: "É pra já, japinha. Vou realizar sua fantasia... mas vai ter que fazer o que eu quero." Suzi Chang refugou. Suzi que não era japinha mas coreana me disse que era coreana e encerrou a tertúlia afirmando que eu era um escroto. Sempre assim: eu o escroto a estragar a fantasia dos outros. A propósito, têm uns merdas aí na periferia metidos a artistas que vivem reclamando que estrago a fantasia deles, e me ameaçam de morte. Sinceramente, não tô nem aí pra eles. E nem aí pras Suzis Changs da vida: eles têm fantasias, são todos iguais e animais pela metade. Daí o feitiço de Márcia e Joana ter me atingido no alvo. São duas mulheres de verdade. Que me encararam e — o mais grave — me assombraram até onde fogem meus "dez *reaus*" e meus entendimentos.

Aqui tenho que fazer outro parêntese. À época — antes de conhecer Joana — eu escrevia (ainda escrevo?) crônicas semanais, e acima da média, na Internet, e era (ainda sou?) muito bem remunerado, pagava as putas direitinho. Quase sempre eu estragava a fantasia dos internautas médios, e me divertia com isso. Fui até acusado de "formador de opinião"! Logo eu! Que, apesar das censuras que sofri, nunca levei nada a sério. Qual o problema de chamar o presidente de cachaceiro e o padre Marcelo de viado? Um não é estadista e o outro não é um santo? Pois bem, o primeiro que me ignorasse, e o segundo que me perdoasse. Quero dizer o seguinte: estava tudo devidamente sob controle e de pernas para o ar antes de eu conhecer Joana. Eu era um cara fodido, tanto faz se bem ou mal pago, entendem? Hoje não sei.

Perdi o controle, e Joana não me sai do pensamento. Antes eu não me preocupava em entender as coisas e dar explicações, era indiferente a Nelson Gonçalves cantando Lupicínio Rodrigues, não chorava tanto. Minha bandeira era o "foda-se". Meu epitáfio: "fudeu". Agora mudou. Ultimamente não tenho alternativa diferente de ser o que eu nunca fui. Vejam só. Se as Suzis Changs não entendiam a piada (tanto faz se era de mau gosto), o grande prejuízo, em última análise, era somente meu — que jamais havia conseguido dividir meu talento com alguém que realmente o merecesse.

Joana foi a única que conseguiu. Mas, antes de falar nisso, eu gostaria de dizer que ficava verdadeiramente regozijado e feliz da vida em dar essas lategadas nas

Suzis Changs da vida. Tudo bem que minhas vítimas não estavam preparadas para meu cinismo mais bem acabado e o tom de deboche e sarcasmo que aplicava com tamanho desvelo e cara-de-pau, quase cirurgicamente. Talvez nem merecessem. Era covardia da minha parte, reconheço. Mas era meu estilo, e eu não sofria nada com isso. Agora não. Que merda! Agora é diferente. Destoei de mim mesmo, baixei a guarda. Ah, meu Deus... antes de Joana eu acreditava em peças retóricas impecáveis, sabia que a qualquer momento podia levar um tranco (merecido...), e sabia que podia retrucar com mais violência e brilho, porém Joana — repito, repito — acabou comigo. Me perdi.

A bela usa minhas armas — e contra meu veneno não tenho como me defender. Vejo que aquele meu blablablá autodestrutivo era uma balela diante da imposição da imobilidade, diante do amor que sinto por Joana. Aquilo lá era somente um recurso do qual eu dispunha para não entregar os pontos, dar minhas porradas e sair ileso. Era fácil, em suma, adotar essa postura quando eu não sabia, de fato, o que vinha depois do iceberg.

Quando eu mandava meus desejos para a puta que os pariu. Quando eu não dependia de ninguém, quando mudava de signo conforme minha necessidade. Quando eu tinha algumas conveniências e uma série de enunciados e variáveis que eu manipulava à revelia de tudo e de todos. Até da minha própria revelia. E ainda me sobrava tempo para identificar a "medida correta do braço torcido". Isto é: quando eu não me entregava completamente aos paraguaios e baixava a guarda sabendo que aquilo não passava de um disfarce e, assim, filhadaputamente, ressuscitava sem nunca ter morrido... *Cazzo!* Não digo que eu era um cara feliz. Mas podia contar comigo mesmo, e fazia milagres!

Por que Joana apareceu na minha vida? Disse que iríamos ter filhos, fazer compras no supermercado juntos, ela ia ser minha mulherzinha e eu a protegeria nos dias mais tristes, ela me fez acreditar em dias de chuva.

Bem, aqui vou falar de uma coincidência. Uma semana antes de Joana ter me dado um pé na bunda, eu havia lido "É isto um homem?", de Primo Levi. Guardadas a gravidade e proporção das coisas, acredito que Levi sobreviveu ao campo de concentração principalmente porque soube compreender o que resolvi chamar de "a medida correta do braço torcido". A pergunta que se impõe é a seguinte: por que, depois de ter escapado do horror de Birkenau e de ter escrito esse livro estupendo, Levi se suicidou na velhice?

A resposta não é tão simples. Resistir à vida, creio, é uma "opção" quase instintiva — e se um paradoxo como esse pode ser exercitado independentemente de uma reflexão mais acurada... o fato de renová-lo, e viver um dia depois do outro, é a mesma coisa que pensar e existir pela metade (ou quase instintivamente); isto é, um desatino completo; mesmo sabendo que você é um cachorro que morde o próprio rabo, ainda assim você insiste e exige demais ante uma quimera ou uma "quase opção". Daí essa merda de paradoxo, que no meu caso aconteceu depois de ver o sol nascer no posto três, depois da noite de chimpanzés e do tchauzinho que ela me deu quando o táxi partiu. Não existe — entendi por causa de Joana — ponto de equilíbrio ou ponto de desequilíbrio que sustente o ser humano. Tanto faz se apaixonado ou desapaixonado. O que não dá para entender é como é que a maioria se arrasta até o fim... e ainda resiste à própria inverossimilhança?

Taí a questão comum. Que apesar dos pesares e de todos os agravantes — antes de conhecer Joana — eu imaginava ter com Levi: a inverossimilhança. Ora, eu resistia à inverossimilhança! Isso antes de Joana.

Não sei o que seria de mim num campo de concentração. Mas, se sobrasse alguma coisa, eu escreveria um livro. Ah, disso eu não tenho a menor incerteza. Até mesmo por uma dívida implícita: para sobreviver à tal inverossimilhança.

E que se danassem os paradoxos. Primo Levi agüentou o tranco até onde conseguiu.

Diferente do meu caso com Joana. Essa garota fodeu com a minha inverossimilhança!... com minha "quase opção", com meus instintos, minha razão, meus paradoxos... meus colhões e a puta que o pariu. Não é fácil reconhecer a relevância que ela teve, tem e terá na minha história. A única coisa que sei é que escrevo este livro a contragosto. Ela não sentiu tesão comigo. É disso que Joana me acusa — depois de cinco fodas, da noite mais bonita da minha vida de chimpanzé.

Tudo bem, ninguém tem obrigação de dar tesão a ninguém. Nem de exigir algo em troca.

Aqui estou, portanto

E se Joana armou a arapuca que armou para ser minha personagem... quero dizer que conseguiu. Escrevo outro livro para ela, por causa dela e porque, afinal de contas, criamos juntos uma ficção e não uma mentira... e foi essa maldita ficção que trepou comigo e me prometeu uma vida de miudezas, peixes salmonados, aluguel dividido, filhos, bichos, feira na Serzedelo Correia e mãos dadas para sempre. Nada mais justo (em nome dessa maldita tesão que matou o amor) do que inventar outro nome para ela, ou melhor, em vez de uma dedicatória, uma declaração de óbito a partir da epígrafe... essa talvez seja a única resposta ao encontro perfeito... ao "para sempre" que Joana me prometeu e ao qual eu teria (ainda tenho?) condições de retribuir: com o quê? Com a maldita literatura? Era isso que ela queria: uma imitação da vida... ou aquela velha lengalenga de sacrificar a merda da vida em detrimento da arte? Só isso?

Não, acho que não. Uma foda e um desencontro?

O que Joana queria? Passar a noite com o escritor preferido? "Me come, você é o maior escritor do Brasil"? Então ela queria a doença, a demência e a escrotidão do cara que escreveu meus livros? E eu, em vez de ter correspondido com aquilo de que não dispunha, dei meu amor, e isso não foi o suficiente?

O que eu deveria ter feito? Devia tê-la espancado? Saído sem pagar a conta do motel vagabundo? Um cafajeste? Só isso que ela queria?

Ou talvez o problema não fosse comigo? Talvez ela tivesse me incluído em suas loucurinhas como se eu fosse um aditivo, um ecstasy espiritual?

Não entendo. Por que — depois de tudo — Joana me falou da noite mais bonita de sua vida? Simplesmente "não bateu"? Cinco trepadas, e "não bateu"? Tinha amor e não tinha tesão?

Que merda é essa?

Se fosse verdade — eu lhe disse — a gente encontraria a porra da tesão no quinto dos infernos. Mas ela não quis, disse que vomitara tudo e que fora feliz. Só isso, e acabou?

Uma egoísta? Outra vez me pergunto: terá sido só isso?

Deixem-me pensar. O caminho mais curto e redundante para ser um egoísta — talvez o único — é gostar de si mesmo. No mínimo, o si mesmo tem que estar em festa. Mas se acontecer de o si mesmo, a despeito do encanto, talento, elegância e todas as qualidades intrínsecas, enfim, se acontecer de o si mesmo entrar em luto, aí a coisa vai pegar por dois motivos. O primeiro é que o egoísta — estou falando de Joana — vai ter que necessariamente recorrer a terceiros, antidepressivos, Internet e o escambau. O segundo motivo é mais grave: vai ser golpeada num elemento com o qual ele não tem a menor intimidade: sua fragilidade. Nessa hora e por conta de seu histórico escroto — ah, Joana... — o egoísta estará inexoravelmente solitário e pagará seus crimes com o que tem de melhor: o si mesmo. E já que Joana não pode sequer contar consigo mesma, quero dizer que estou aqui. Amo essa garota. Ainda que seja uma biscate egoísta.

Mas será só isso: uma biscate egoísta?

Não sei, não sei. Oh, Deus... não sei! Cada vez que procuro entender, a coisa piora. Vale que, a despeito dos acordos que ela fez consigo mesma, chegamos aqui.

Aqui, minha querida.

O inferno está apenas começando. Creio que o autor de "É isto um homem?" começou a se suicidar quando deu início ao livro. Escrever — não sei se já disse isso e, se disse, repito — é uma forma de matar o que já está morto. Nada melhor, portanto, do que começar um livro sacrificando a tesão. A mesma tesão que Joana confessadamente nunca sentiu por mim. Nada melhor que omiti-la, inventar outra Joana para falar de Joana... "Espero que você tenha gostado da minha bundinha." (foi exatamente isso que ela escreveu no segundo email — enviado com a foto da "bundinha".

Adorei, se você quer saber... foi a melhor bundinha que comi em toda a minha vida, era isso que você queria que eu escrevesse? Escrito está. Conseguiu. Ninguém vai saber que a bundinha é sua, fica tranqüila. Ninguém vai saber que é você, Natércia.

Eu só queria me livrar da noite

Apostei no amor (fui um idiota, babaca, admito) e Joana, vampira, me devolveu o coágulo... hoje agonizo dentro da noite de Joana...

O fato é que perdi ou apostei tudo num amor que eu mesmo — desde sempre — negligenciei, e agora é tarde. Tampouco é possível escolher o ódio para me apaziguar. Nem isso, nem isso.

O ódio que, aliás, é um dentre os vários desdobramentos de que não mais disponho. Ou só isso.

— Talvez um dia você entenda, meu amor.

Se não tiver sucumbido no meio do caminho, talvez um dia, Joana, você entenda que a maldição é generosa. Que a maldição é capaz de intentar as mais belas obras do gênio e é capaz de aliar-se às mais espetaculares ferramentas da destruição... um dia, Joana, quando você não tiver mais nada para destruir, você vai entender o que eu digo, e, talvez, conte com o ódio para falar do amor... mas então pode ser tarde demais... você terá perdido as mais espetaculares ferramentas da destruição e daí o amor vai ser apenas naufrágio... sua última carcaça devolvida a você mesma. Me ouve, garota!

Tenho todo o direito do mundo de exigir sua parte. Uma vez que somos feitos das mesmas almas mortas... se eu tivesse no seu lugar, admito, teria agido exatamente como você, cadela.

Só para ratificar. Teria me dado um pé na bunda porque amo você... e isso não quer dizer nada, nada, nada.

Cemitério São João Batista, meu melhor cartão postal

A necessidade (necessidade nenhuma; antes eu chamaria de comichão, hoje nem isso...) de ir a qualquer lugar depois de Joana induziu-me — quando perdi minha identidade de turista babão — a um Rio de Janeiro marcado na minha memória paulistana, que é lugar nenhum, perdido no tempo e no espaço das biografias do Ruy Castro e que, apesar dos pesares, voltou a existir por causa de Joana — sobretudo depois do abraço (o primeiro e o último) que ela me deu antes de partir. Foi esse abraço, diante do Lamas, que me condenou ao cartão postal.

Ainda hoje é assim. Não consigo sair da calçada desse boteco. Não consigo sair de dentro dela e nem da cidade que inventei depois do fim.

Parti em busca de um Rio de ladeiras que não existe mais e quis entender o porquê de ela ter me abandonado — jamais entenderei... — desde a nossa noite de chimpanzés até o amanhecer, quando eu ainda perambulava pela Barata Ribeiro e subi no Copacabana-Leblon e passei em frente à praça Serzedelo Correia, onde, em primeiro lugar, Clarice Lispector ia dar milho aos pombos e, depois, onde Joana havia me prometido mãos dadas e feira nos finais de semana...

Ah, Joana... o que aconteceu?

Talvez a mistura de tempo e lugares errados me fizeram acreditar que, além de nós dois, algo era maior que o abandono e era de verdade mesmo e, de alguma forma, esse "algo" sustentaria nosso caso num lugar diferente do desencontro que compartilhamos... ou seja, a partir do pé que Joana deu na minha bunda, o Copacabana-Leblon podia ter me levado tanto em direção ao "para sempre" como a lugar nenhum... tanto fazia se eu chegasse ao Leblon ou descesse antes, na esquina da Maria Quitéria com a Prudente de Morais, em Ipanema. De qualquer forma, Joana estaria ao meu lado.

Até hoje ela é minha cicerone — principalmente nas minhas broxadas. Quando seu fantasma aparece em espirais. Às vezes acordo de madrugada com sede, chorando, e Joana está ao meu lado, então eu lhe pergunto o que aconteceu conosco, e ela não diz nada, apenas me acompanha (ou me vela...), como se pedisse: "não me pergunte nada, por favor; não tenho nada a lhe dizer".

Ah, Joana: por quê?

***

Assim, tive nostalgias desabrigadas na cidade que inventei... e tomei porres que talvez fizessem algum sentido se girassem em falso na memória de um Vinicius de Moraes, de um Paulo Mendes Campos ou de um Carlinhos Oliveira, ou qualquer outro que objetivamente tivesse sido "penabundeado" e vivido e enchido a cara naquele Rio que não existe mais.

Antes de Joana eu não acreditava em paisagens. É que eu não sabia dos escombros: nessa categoria incluo as crônicas que escrevi para ninguém, quando enchi a cara no posto seis, para ninguém e para Joana e para indiazinha, nossa filha de olhos tristes e amendoados morta no dia seguinte; a companhia de mãe e filha nos meus sonhos e sobressaltos, junto ao tempo e espaço destoados, tudo isso girando em falso é nada ou são satisfações vãs que peço a uma cidade que nunca foi minha e que, portanto, nada me deve (nem você me deve nada...), e nem eu devo à cidade... a minha dívida, em suma, é comigo mesmo e com o erro que cometi de ter acreditado em você, meu amor, e de ter chegado aqui nesse lugar nenhum. Nem sei se — ainda... — posso falar em escombros. Nem isso.

Suspeito que inventaram o turismo e a máquina fotográfica com esse mesmo sentimento. A diferença, no meu caso, é que o fotografado, o movimento póstumo e os acontecimentos dos outros são — em razão desse "lugar nenhum" — responsabilidades minhas. Por exemplo, tenho certeza que vou ser levado para o São João Batista quando morrer: desejo uma morte de folhetim e, igualmente, já faço — desde há muito — companhia eterna à família de Nelson Rodrigues. É mais ou menos assim: estou morto e minha alma deve ser muito antiga, a ponto de essas certezas serem as únicas coisas que existem dentro de mim. Apostei em Joana para fugir da morte... daí que sofro tanto vendo prédios em construção, obras e lugares recém-inaugurados. Na verdade, prescindo de tudo porque não existo ou não tenho coragem de morrer novamente nos mesmos lugares...

Joana me matou outra vez. Eu já havia perdido o deslumbramento e vivia num vácuo de dor, agonia e perplexidade, e agora, por causa de Joana, voltei à queda anterior. Ou por outra: tenho, depois de Joana, todos os elementos para naufragar e me oferecer ao "para sempre" ou ao "lugar nenhum". Mas não consigo. Gostaria de poder escrever o seguinte: "O que me importa, depois de ter trocado a perplexidade de lugar, é mais a beleza do contraste do que a dor da consumação. Vou para a fogueira numa boa." Mas não dá. A dor é maior, Joana...

Queria, como todo penabundeado, que ela sofresse minha dor... que a falta tivesse o mínimo de correspondência... mas nem isso consigo: querer. Não tenho cacife para bancar a falta que ela me faz. No meu caso, seria quase impossível cogitar um romantismo histérico; para tanto, eu precisaria voltar a ser o cara de antes, aquele que escrevia para se vingar e/ou acertar as contas. Esse cara esgotou-se dentro dela, e foi enganado.

Não sei se agora ela está se divertindo. Ou mesmo se teria se divertido à minha custa. Isso não importa. Eu não devia sofrer e amar — nem por mim, nem por Joana. Ela me abandonou. Me devolveu a mim mesmo, e o que é muito pior: em dobro. Mas o que faço se a dor já não me diz respeito? Se não sou nem metade daquele sujeito de antes?

Borges, Poe, Vinicius. Um estupro. Um sonho

Não sei de mais nada. Não tenho mais nada de Joana. Nem do benefício da dúvida posso me socorrer. "Não me pergunte por quê", é o que ela repete. Joana é meu corvo Nevermore, sem uma construção da inteligência que possa explicá-la.

Curioso: no início desse poema tão conhecido de Poe — como relata Jorge Luis Borges — o autor de "Os crimes da rua Morgue" pensou que as letras mais memoráveis e eficazes do idioma inglês eram o "o" e o "r". Então, ele se deparou com a expressão "nevermore" e repetia continuamente o próprio nome. Simples, né?

Rudimentar, eu diria. Digo, mas não é gratuito. A minha intenção, aqui, é confrontar o corvo de Poe com o pé que levei na bunda: posso afirmar tranqüilamente que Joana é o corvo que Poe jamais conseguiu vislumbrar simplesmente porque não teve o amor (ou azar?) para tanto. Nem ele nem Borges. Em vez de repetir "nevermore", a mulher que me prometeu uma vida de miudezas, IPTUs e filhos devidamente matriculados, repete: "não me pergunte por quê"... o agravante é que ela está viva e tem a pele macia, enquanto Leonore, a amada perdida de Poe, simplesmente bateu as botas e é apenas um eco fantasmagórico reproduzido por um corvo que podia ser um papagaio: ou, por outra, é como se eu não pudesse gozar da vida e a morte não existisse, e esses dois "estados", digamos assim, fossem ao mesmo tempo meus interlocutores. Onde me situo? Essa é a pergunta que Poe fez a si mesmo: "Onde situar o amante?"

A escolha — ululante, porque afinal se tratava de um poema — foi contrastar o negrume do corvo com a alvura do busto de Palas Atenas. Então Poe resolve enfiar o amante desconsolado numa biblioteca e quase ganha Borges com todos os seus cabaços: o que é uma biblioteca? Um refúgio onde supostamente os livros, em contraste com a vida e a morte, prestariam socorro ao amante desesperado. E o pior: não bastasse o socorro do conhecimento, a estrutura da poesia em si lhe garantiria — essa é a tese — uma resposta (ou açoite desejado...) cega e definitiva: qual seja, a eternidade. Muito conveniente a Borges, aliás.

Em última análise, o corvo é uma construção da inteligência de Poe — devidamente minimizada por Borges. Ou seria o caso de dizer: malandramente minimizada por Borges? Que, puxando a sardinha para o seu lado, escreve o seguinte: "o homem sabe que está condenado a passar o resto da vida, de sua *fantástica vida*, conversando com o corvo, que lhe dirá sempre "nunca mais". Nesse ponto o argentino abandona sub-repticiamente a idéia de que uma vida pode ser "fantástica" se for preterida em virtude da negação de si mesma. Só se for a vida dele, Borges... que, além de cego e misógino, era um gênio que sabia defender e/ou disfarçar os seus cabaços como ninguém... como se defendesse a própria noção da arte.

* * *

Se é arte mesmo, ou é cabaço... para mim, tanto faz. Eu não aceito isso. Não quero essa merda. Talvez aconteceu de eu não ter tido o tempo da decepção. Uma noite foi muito. Joana deve ser uma biruta para ter bancado a história comigo.

A mãe se enforcou aos trinta e um anos e o pai faz chantagem sentimental, além de exercer uma atração meio que óbvia em Joana. Uma história de estupro permeia esse pesadelo que ela começara a me revelar a conta-gotas nos telefonemas que seguiam madrugada adentro. Ela me ligava para me dizer quem era — desde que eu não lhe perguntasse: "Por quê?"

* * *

Aos treze anos morava na Nigéria. Foi lá que virou mocinha. O pai, além de poeta, era engenheiro da Acquaservice, uma das empresas brasileiras contratadas pelo governo militar nigeriano. Em Lagos, começou a reparar na existência dos homens. E na existência dos meninos — mas os meninos tinham interesses pragmáticos demais em comparação aos interesses dela à época. "Eles eram tão inocentes"... disso, porém, ela não sabia, mas tinha vagos comichões e os primeiros sinais da vidência que lhe indicavam sempre "o contrário". Aos 13, preferia os homens impossíveis. Foi quando Vinicius de Moraes entrou em sua vida. No toca-fitas do carro, Vinicius na trilha sonora nas ruas de Lagos: "Oh, minha amada que olhos os teus/ São cais noturnos cheios de adeus/ São docas mansas/ Trilhando luzes/ Que brilham longe/ Longe nos breus/ Quanto mistério/ Nos cabelos teus/ Quantos saveiros/ Quantos navios/ Quantos naufrágios/ Nos olhos teus."

Era assim que Joana queria amar, nessas músicas navegava seu desejo. De tal forma despudorado que uma vez, assim do nada, sua madrasta lhe disse: "Ele tem idade para ser seu pai!" Referia-se a um dos amigos do pai de Joana, um rapaz barbudo e bem-humorado, boêmio, por quem se apaixonara... ah, quantos saveiros, quantos navios, quantos naufrágios. Estranhou a advertência, achava que o que sentia era segredo dela. E porque a advertência vinha com uma raiva despropositadamente ruidosa, Joana não enxergou a mistura de ciúme, inveja e desprezo que havia na voz da mulher de seu pai.

De volta ao Brasil, no fundo do quintal de sua casa, um dia o pai lhe falou da vida — como poeta. Nunca antes havia falado assim: "Eu sonhava com filhos. Sonhava com uma casa e um jardim." O que o homem falava — Joana confidenciou — não se parecia com o pai. "Não desse jeito", lamentou o pai. Joana ainda lidava com o excesso de novidade, quando o pai poeta emendou outro assunto: "um amigo meu, executivo lá da firma, fez amor com a filha de quinze anos". Foi o primeiro verso do pai.

Joana não sabe se respondeu. Ou se sonhou com a proposta do pai. Lembrava-se da casa da infância como se fosse cinema: quatro portas-janelas dos quartos abertas uma a uma para os fundos; a casa, o pai e a dor que sentia, passavam por ela como se a menina estivesse — durante todos esses anos — andando ao longo de um eclipse. Ao fundo, o discurso do louco. A última porta era do quarto de seu pai e da madrasta. Joana entrava por essa porta, atravessava a casa e saía na parte da frente, numa rua chapada de sol. Aquela era uma casa escura, aquele não era o amor rasgado que ela desejava. Vinicius, disse-me Joana, a salvou de amar o pai. O poeta a fez envelhecer sem que percebesse e — até onde ela sabia... — protegeria sua juventude para sempre...

* * *

Oh Deus! Por quê?

Eu estrangulava meus dias perguntando "por quê"? Tinha certeza de que a tesão era o que menos importava e que ter depositado minha porra dentro dela havia sido a coisa mais corajosa e decente que "cometera" nos últimos trinta anos. Mas e daí?

Ela me disse que ia sofrer muito se tivesse que cometer uma violência contra si mesma. De certa forma, isso me consolava. Porque também fui responsável. A pílula do dia seguinte alterava seu humor e lhe provocava espinhas.

Só isso?

Ela preferia acreditar que não perdeu nada. Vaca mais sábia... não há como negar. Se eu pudesse escolher a violência que Joana cometeria contra si mesma, preferia, digamos, tê-la emprenhado de fato. Sei lá... seria um jeito de incluir uma criança na jogada... ou uma coisa menos fluida e apaixonada do que minha porra:

carne morta dentro de uma alma morta, bem que Joana merecia...

Por outro lado, nós ganhamos, até demais, em confiança. Nunca nenhuma mulher confiou tanto em mim. Todas as outras (a vista ou a prazo, a curtíssimo prazo...) tive pela metade, sempre de camisinha — devidamente protegido. Joana, não. Ela foi até o fim comigo e, pensando bem, foi a primeira mulher com quem eu tive algo a dividir. Ainda que esse "algo" supostamente nunca tenha existido. Ainda que tenhamos matado a indiazinha, esse nada ou algo... juntos.

Dois dias após a noite de chimpanzés

Combinamos um jantar. O penúltimo antes do pé na bunda. Ela tomou a iniciativa, ligou para meu hotel e sugeriu uma churrascaria em Copacabana. Hoje, só acredito nela. Logo eu, que nunca acreditei em amor e orgasmos: "Te espero às nove, meu bem."

Às nove, claro que sim.

Vale dizer que nossa inhaca foi tão perfeita que, além dos beijos em espirais, minha doce amada também devorava bifes de fígado e moelas aceboladas, convicta de alguma coisa que eu ainda não entendia e que não era nem as alcatras, nem nós dois, mas a tal inhaca perfeita a que me refiro.

Pois bem. Embora eu não entendesse, tive a impressão de que a perdi várias vezes durante o rodízio. A primeira vez pelo jeito como Joana engoliu a costelinha de porco, sem notar meu espanto e a própria insensatez de ter dispensado os acompanhamentos protocolares — a garota tinha mais pressa que fome. Depois, pelo modo como nos afastamos à mesa. O esquisito é que eu gostava do jeito dela; a distância que estabelecemos era — aqui vai meu palpite — uma forma antiga de aproximação, como se, guardados evidentemente meu espanto e a indiferença de Joana, nos conhecêssemos demais para ignorar os procedimentos devidos e as mesuras inerentes a um casal de amantes — incluam-se aí meu espanto e a indiferença dela.

Um casamento de verdade, nesse caso, desacontecido no tempo certo. Digamos que o desinteresse — e o amor, e as carnes servidas no espeto — pudessem contar cinqüenta anos em duas horas e meia de estranhamentos e empatia mútuos.

Não é o caso de dizer: como se a tesão pudesse ter sido substituída por alcatras, contrafilés ao alho e maminhas... ou quase isso. Tecnicamente "não seria o caso de dizer"... mas foi o que aconteceu. Perdi o apetite. E troquei de lugar. Imaginei que sentado ao lado de Joana pudesse roubar um beijo ou desviar sua atenção para o amor que havíamos cometido dois dias antes. Afinal, fizemos o trabalho de comum acordo; eu devidamente enviagrado e ela fugindo em espirais dos meus beijos de língua...

Joana me virou a cara duas vezes. O aborto não tinha — para ela — as mesmas características românticas que eu atribuía, apesar do rodízio. Aquilo — ou a pílula do dia seguinte — e a armação da Internet e etc. e etc. mexeram com os humores dela (vomitara no dia seguinte, fazia questão de reafirmar isso entre uma picanha e uma alcatra mal passada...). E eu, bem, eu achava tudo lindo, principalmente o jeito como Joana manipulava o garfo e a maneira como solicitava o garçom. Até hoje não tenho olhos para ver as coisas de outro jeito, e qualquer agressão invariavelmente me encantaria, tanto faz se partisse dela, dos talheres ou do garçom que servia o rodízio; suspeito que a palavra mais adequada para definir o estado apaixonado em que me encontrava/encontro é "despercebido". Querer desqualificá-la pelo modo como agiu é bobeira. O contrário é só encantamento. Daí que eu estaria sendo mentiroso se dissesse que não fui feliz e que não atinava com o principal: levei um pé na bunda. Então era só isso?

A mistura de hormônios e as complicações mamíferas, tudo o que elas fazem questão de cobrar e ressaltar em relação à complexidade de seus corpos e mentes, tudo, enfim, era suficientemente mesquinho a ponto de ser regurgitado num vômito? Ou, se não fosse assim, sangrado todo mês?

Inclusive o amor do trouxa que dividia a conta da churrascaria?

Joana me vomitou. Em suma, foi isso que ela me disse, e desdisse, o tempo todo... se é que entendi. Na hora de pagar a conta fez questão de me devolver o dinheiro do táxi — aquele da nossa noite de chimpanzés — e achou que estava bom assim, que era justo.

Ou seja: Joana tinha outro sujeito diferente do seu escritor preferido com quem dividia suas despesas e vomitava seus excessos. E esse cara não conseguia pegar na mão dela — simplesmente porque escorregava.

O que havia acontecido? O Rio de Janeiro não me serviria de cenário, nem isso?

Eu não entendia mais nada. Depois daquela churrascaria em Copacabana, não. A verdade é que eu nunca soube nada sobre as mulheres. Somente conheci suas genitálias — e não me incomodava em pagar o táxi de volta. Também é verdade que nunca nenhuma delas me deu um tchauzinho e me jogou um beijo antes de partir... assim cinematograficamente... como Joana, nenhuma.

O amor, para mim, ainda era o mesmo ônibus errado. Desde o Aterro do Flamengo até parar no Leblon, sem que eu me desse conta que Copacabana ficava no meio do caminho. Se antes de Joana já era difícil entender o itinerário ou "meu lugar nesse mundo", depois dela e dos seus abismos, que não passavam de córregos estreitos, e da loucurinha controlada com antidepressivos violentos, dos filhos matados no dia seguinte e até da beleza disfarçada em tragédia, e por isso mesmo mais bela, mais trágica, enfim, se antes dela e de todo esse pacote de novidades e cemitérios já me era difícil atravessar as ruas e dar bom-dia ao porteiro do meu prédio, depois de Joana perdi completamente o senso de navegação, e também o pouco daquilo que chamam por aí de "si mesmo" ou do sujeito que (antes, antes dessa mulher...) se achava apesar da confusão: apesar de "ele" ser a mesma pessoa e — de uma forma ou de outra — chegar nos lugares errados e em cima da hora. Agora nem isso. Além de mim, tenho Joana a perder. E ela me vomitou no dia seguinte, com graça e sem nenhuma cerimônia.

* * *

Impecável e filha-da-puta. Porra louca e egoísta, enfeitiçada: como se na falta que a mãe suicida lhe fazia pudesse paparicar a si mesma num jogo diabólico de cabra-cega ladeira abaixo... ela me incluiu e me dispensou de sua brincadeira.

* * *

No dia seguinte à churrascaria, Joana ligou para o meu hotel e disse que precisava falar comigo. Ainda éramos um casal de chimpanzés.

Daí que lhe telefonei três vezes para dizer que chegaria adiantado ao encontro e que não tinha importância nenhuma se ela demorasse uma hora para me encontrar... onde?

— Na Santa Clara, esquina com a Atlântica. Calma, meu amor. Vou tomar um banho e em quinze minutos estou aí.

Depois de duas horas ela aparece e eu não a reconheço. Não tenho coragem de lhe pedir um beijo (ou um desconto?). Joana tem os cabelos molhados. Talvez tenha outro cara... talvez tenha passado a noite se drogando. O certo é que ela mudou de voz e usava um tênis furado. Eu sou o mesmo: meu corpo mija na parede e as palavras entopem meu esôfago. Não consigo falar nada e agora estou sozinho no Rio de Janeiro, algo me diz que Joana é lésbica e estranhamente me lembro dos meus condomínios atrasados... sem falar que uma semana antes eu me expunha desnecessariamente na Internet, e oferecia os pretextos mais tolos para ser ridicularizado publicamente, e gostava disso, ela estava com fome e outra vez eu não sabia o que dizer, caminhamos, disse a ela que passara a noite lendo e escrevendo, trancado no hotel pensando nela, que minha barba estava branca e meu corpo, flácido. Ela tinha vinte e um.

Isso, me garantiu, a flacidez e a diferença de idade, não queria dizer nada, já estava previsto no seu (nosso?) mapa astral, uma vidente amiga havia lhe garantido que sim, e que havia chegado nossa hora.

Para eu me acalmar, pede dois chopes.

— Vamos conversar, meu amor.

Sim, sim. Vamos conversar. Explico que o cara que trepou com ela cinco vezes era o escritor e que eu, tirando o Viagra, não tinha nada a ver com ele — claro que eu era melhor que o escroto que ela imaginava queimando-lhe a bunda com bitucas e a lhe enfiar bolachas e corretivos. Melhor que o sádico porque eu estava ali, depois de dois dias, apaixonado e meio que justificando ou fazendo os diagnósticos que ela, a leitora, já conhecia e, provavelmente, dispensava em dose dupla; talvez até dispensasse "as bolachas e corretivos", em primeiro lugar, porque eu não tinha necessidade de lhe dar satisfações e, depois, porque o cara dos livros tirara o time de campo ao amanhecer da noite perfeita e visivelmente me abandonara — e a ela... — sem pagar a conta que procurávamos (mais eu do que ela) negociar (com quem?) sem maiores prejuízos. Nesse ponto, lhe contei do Viagra:

— Já sabia, querido. Sou a favor da indústria química.

Em seguida, com a mesma inflexão adormecida, me contou alguma coisa de suas noites cariocas, de um francês com nome de vinho tinto que havia lhe comido duas vezes e nunca mais aparecera... um tal de Chevalier, acho que sim.

Eu não sabia o que dizer: embora fizesse as vezes do escroto melhor que o próprio e, em última análise, fosse o responsável por ele e pela tesão que — juntos — tínhamos perdido na churrascaria, um dia antes.

— Acho que você deve se acalmar, meu amor.

Um chope atrás do outro.

— Ninguém enganou ninguém — foi o que ela me disse.

Isso que era pior. Não havia a fraude para explicar o desencontro. Apenas o desencontro. E mais dois dias no hotel à espera de um telefonema...

Resolvi que esperaria até quarta-feira. Ou quinta, no máximo. Eu ainda preferia acreditar na mentira. Incluí Joana. Ou me inventei para caber dentro da invenção, que era ela, afinal de contas. Portanto, não era mentira, mas — quero crer — uma engenhoca que me servia e que, segundo meus cálculos, era útil tanto para driblar as negativas dela ao telefone quanto para suprir minhas expectativas mais delirantes, dentre as quais a certeza de que essa inclusão era uma espécie ou promessa de siririca metafísica da qual ela ainda teria de "usufruir" — até mais do que a punheta que efetivamente me servia, que me broxava. Assim, a espera, que devia me desiludir, me aproximava de Joana. Investi meu esperma nisso, meu amor, uma promessa de sei-lá-o-quê ou aquilo que poderia ter sido e não foi. A tesão — sim, eu nada tinha a ver com isso! — é que havia mentido, que havia matado o amor.

Portanto:

Não deixa a tesão matar o amor, Joana. Não brinca, você me disse que queria ter um monte de filhos, e que a gente ia se casar e que o diabo da vidente e a porra do mapa astral confirmaram tudo. O cara mais velho, você me disse para vir e eu estou aqui, viajei quarenta anos só para trepar com você... não me deixa, não me mata, não faz assim que eu não sou nenhum escroto que queria apenas trepar com você e chamá-la de biscate, isso não tem importância nenhuma para mim. Vá lá, você matou o que nunca existiu, mas agora você quer me matar com o mesmo dia seguinte e também vai me matar no outro dia e na semana seguinte, sim, eu vou embora mas vou morrer um dia depois do outro... o outro dia sou eu desacontecido. Não faz assim, eu nunca tive uma mulher que se lambuzasse de batom e tirasse fotos nua para mim, não me deixa. Nenhuma outra depilou a xoxota num corte conservador só para me esperar, você disse que ia me esperar bêbada de uísque no motel e a cartomante e a puta que o pariu e os mapas astrais e a tesão disseram que sim. E agora essas merdas todas não podem matar o amor, entende? Não me deixa assim tão cedo... uma vez só depois de quarenta anos é nada para quem passou todo esse tempo esperando ouvir o que você me disse. Ah, Joana, não quero engolir sua pílula do dia seguinte, não me mata... não faz assim... olha só: ontem publiquei uma crônica e passei a tarde inteira sendo xingado via Internet por ter dedicado o texto a você, me atrevi a dizer que fizeram um circo do livro do Chico Buarque e que ninguém me obrigaria a gostar da trilha sonora dos meus assaltantes porque, entre outras aberrações, eu te amo e misturei tudo apenas para repetir o seu nome. O Rio de Janeiro e meu amor não querem dizer nada sem você, não, sem você é como se eu estivesse em qualquer lugar, sem você não tenho paisagens, entende? Não compreendo como você pôde matar as paisagens de dentro para fora e ao mesmo tempo esteve feliz pelo simples fato de ir morar sozinha — e me vomitou como se eu fosse outro francês com nome de vinho tinto... Saiba que houve um engano: ele sumiu e era apenas outro item em sua adega, e eu estou aqui quase morto cumprindo todas as etapas ou a via-crúcis ridícula do dia seguinte, e talvez ainda esteja na primeira estação adocicada do meu inferninho babaca à sua espera... que merda — por que tinha que ser assim? — perdi meus melhores pretextos e não sei o que dizer; na verdade não quero mais, não faz nenhum sentido chamá-la de "minha biscate", sinto-me ridículo servindo à sua tesão, vou embora desse Rio de Janeiro amanhã mesmo... viajei todo esse tempo e me perdi e quebrei a cara por causa dessa maldita inhaca que você inventou junto comigo para me destruir mais uma vez e agora escrevo e escrevo e todo mundo, inclusive nós dois, acredita no que eu digo e reproduz minha inhaca como se fosse... ah, como se fosse a inhaca deles, ah, me liga que eu não consigo ser mais caipira e previsível do que um maldito telefone mudo e as histórias de amor são assim mesmo e meu estilo já está comprometido e eu quero que se foda meu estilo porque eu a amo e a amarei de qualquer jeito, apesar do fracasso espraiado a partir da palma da minha mão que você leu com tanta curiosidade e premeditação e eu caí em todas suas arapucas de bom grado como se eu mesmo as tivesse inventado, ah, meu amor, dá um sinal, volta a me usar outra vez e me joga fora e usa novamente porque você sabe que eu faço tudo errado e não tenho controle, você sabe que pode me matar quantas vezes quiser e que perdi minhas estribeiras e embora não seja o mesmo cara que escreveu os livros guardo alguma semelhança com o escroto que você imaginou queimando sua bunda macia e redonda com bitucas de cigarro. Se é que as coisas podem ser reduzidas a esse termo: o seu termo, meu amor, ah, Joana, me liga e diz que não, ainda assim eu posso me fingir de mau se isso lhe agradar e, de alguma forma, servir para o ajambramento de uma inhaca mais ridícula do que sua iminente fantasia. Eu finjo: não tem problema, meu amor, te queimo inteirinha se for o caso e chupo seu cu e você me mata no dia seguinte e aí eu vou embora e você me mata de volta, tanto faz, mas dá um sinal e me liga, mulher assassina fria e indiferente maluquete porra louca amor da minha vida. Ah, Joana, talvez eu mude meu fuso horário por sua causa e escreva outro livro a contragosto. Sabe minha biscate, se for o caso (outra, outra vez...) percorro todas as estações do amor para perdê-la no dia seguinte... não me importa, isto é, a menos que você esteja neste instante chupando uma pica em espirais que não a minha ou desde que você vomite tudo no dia seguinte, aí eu não me importo, entende? Me escuta: a certeza ou a incerteza que você eventualmente tenha em relação ao "nosso amor" não vai mudar em nada o resultado escroto disso tudo: um livro. O que você queria era um livro? Só isso, meu amor, se for só isso, conseguiu, e outra vez e quantas vezes for necessário vou usar seu nome porque eu não quero esse livro, ele é seu, e eu falarei de você e de "nossas intimidades" apesar de você e apesar de mim, claro que vou falar: é a chance que tenho. Porque, se você esteve preocupada com "intimidades", ora, isso significa que tivemos algo e foi exatamente esse "algo" que não percebi ou não consegui identificar quando ziguezagueava do Aterro do Flamengo em direção à Marina da Glória e foi por esse algo que não me sentia mais um estrangeiro e o cenário era você mesma e meu amor, justo você e nossas intimidades desacertadas. Eu diria até que éramos mais conluio do que tesão. E mais: a perspectiva da tesão pedir uma trégua me tranqüilizou um bocado — ah, fui um trouxa, reconheço — sabe, Joana, eu não preciso mais da tesão... apenas mobilizaria meus amigos e pediria uns dois mil reais emprestados para ficar mais algumas noites com você e então repetiríamos aquele beijo gelado de cerveja e brindaríamos a falta de tesão juntos... quer dizer, acho que sim,

acho, talvez... Oh Deus! Meu Deus! Por quê?

O pé na bunda

E ela ligou para o hotel. Não entendi o que estava acontecendo conosco depois da nossa noite de chimpanzés... Sei lá, Joana devia estar preparando a cena de despedida, sabia decerto que choraríamos juntos — ela mais do que eu — quando, enfim, anunciasse que tudo fora um engano. Que a tesão (desacontecida...), a maldita tesão cinematográfico-literária — o subgênero que ela tão bem soube conduzir desde o primeiro email (com minha ajuda, é claro que sim) até o pé na bunda definitivo no restaurante árabe — havia vencido o amor.

* * *

Eu comia uma cafta de carneiro e realmente me apiedei de nós dois. De certa forma, me apiedei mais dela porque lembrava do meu *modus operandi* aos vinte e poucos anos. Joana usava meus métodos e fazia questão de se esgueirar do amor e jogava no lixo o que tinha de ir para o lixo. Era simples e previsível: Joana era uma solitária. E sofreria desse mal. A minha solidão. Talvez por isso chorei com ela, como se chorasse pelo meu próprio tempo jogado no lixo numa tentativa ridícula de me redimir nela: ridícula uma vez que foi o melhor tempo da minha vida e mais ridícula porque Joana era tão ou mais manipuladora do que eu jamais conseguiria ser, apesar dos livros que escrevi e sobretudo porque nunca tive uma buceta no meio das pernas... Ah, que delícia.

A verdade é que sempre tive o costume de exagerar. Sempre fui um inventor de Viagras espirituais... um vidente de desacontecimentos, às vezes até eu me convencia disso e chegava — ainda chego — a me persuadir... ou conciliar o inconciliável, juntava — junto — alhos com bugalhos e, se não me vigiasse de vez em quando, de três uma: ou teria enlouquecido ou... sei lá, teria inventado uma nova psicanálise com um prazo de validade mais xucro e divertido. Ou, para ser mais realista, teria acontecido o que aconteceu: isto é, teria perdido — perdi — as estribeiras e me mantido firme, no chão de Joana. Assim é que — depois do pé na bunda — os acontecimentos, para mim, tiveram uma relevância maior e mais bonita do que efetivamente mereciam ter. Não podia ser diferente.

Talvez Joana estivesse — repito — apenas tentando chegar aos lugares a que eu não cheguei. Contabilizo aí o tempo perdido, as almas descartadas pelo uso, e uma manhã em que acordei num estacionamento vazio, meio bêbado e com a certeza de ter sido brutalmente assassinado — apesar da neblina que bordejava mansa sobre os molhes da praia de Cabeçudas, em Santa Catarina.

Quero dizer que as chances de Joana — de chegar onde não cheguei — eram evidentemente maiores e mais comprometedoras que as minhas devido às qualidades do seu sexo.

Mas, nesse caso, meu exagero se explicaria principalmente por conta da desmedida generosidade dela, que trepou comigo sem camisinha, e da maldita tesão suicida que antecipamos e inventamos, um para o outro. O problema é que incluímos o amor... ou melhor: apostamos — eu da minha parte garanto que sim — todo ouro no mais difícil como se fosse o mais fácil.

Para quê o amor, se tínhamos todo o resto? Se Joana tinha lido todos os meus livros e se éramos tão iguais, para que perder tempo com o amor? Isso viria naturalmente, fazia parte do pacotão tácito de putarias: da xoxota que ela havia raspado especialmente para mim, das cinco doses de uísque que ela entornaria para me esperar, da vidente, dos mapas astrais, dos nossos ascendentes na casa do chapéu e da boca de Joana lambuzada de batom, para quê o amor se tínhamos tanta tesão? Um motel fuleiro do Largo do Machado e um ao outro, ela a cabrita de vinte anos e eu seu escritor preferido. "Me come, você é o maior escritor do Brasil" foi a primeira coisa que ouvi. Para que o amor? "Te espero bêbada de uísque", nem mais uma palavra sequer; chega de siririca, chega de punheta. "Dia 18 à meia-noite, meu amor."

Para quê o amor, se entre outras coisas mais úteis e inúteis ele ou ela (a tesão, exu, o demônio...) também estava lá naquele quarto de motel para roubar meu esperma? Quando eu acreditei que o amor não precisava de um mensageiro — ou de nada diferente do próprio amor — para existir, para quê?

Fui um tolo, reconheço. Quebrei a cara. Eu e Joana choramos juntos como se ela reconhecesse a fugacidade do nosso encontro e eu — a contragosto — fizesse as vezes do demônio que a possuiu. Para quê? Talvez para provar que apesar do fiasco, "e pela primeira vez", eu havia aprendido a amar e era grato a Joana e tinha lá meus truques...?

Não sei, sinceramente. Ofereci um pedaço da cafta de carneiro e ela apertou minha mão... em seguida, Joana aninhou-se no meu colo e disse a verdade como se fosse mentira; difícil, para não dizer desonesto, afirmar que aquela garota era somente uma manipuladora ou que se divertia com a própria tesão ou que resolvia as coisas com a pílula do dia seguinte... na dúvida, prefiro acreditar que Joana foi uma grande mulher. Que a perdi.

Antes

Melhor mesmo que acontecesse no Rio. Ela escolheu o lugar: Hotel Serrano, no Largo do Machado. Dia 18 de junho à meia-noite "vou te esperar bêbada de uísque". Beleza, estávamos combinados: Joana também prometeu a mesma calcinha preta enfiada no rego, aquela da primeira foto mandada por email.

A minha condição: mais nenhuma foto, nem telefonema, nem email. Cheguei a este termo depois de Joana ter me enviado as coxas, os pés... eu já havia comprado todo o pacote mesmo assumindo o risco de ela ser feia de rosto. Isto é, a bunda empinada da primeira foto e as coxas seguidas do ombrinho bronzeado e da foto dos seios de auréolas rosados me tranqüilizaram e, de certa forma, resolvi não pedir seu rosto, sabendo de antemão que ela era muito bonita: sabia mais por tática do que por intuição. Se eu não pedisse para ver o rosto, demonstraria confiança e, assim, ela se sentiria mais desejada e bonita... E mesmo que fosse feia — eu havia decidido — acabaria ficando bonita. O último email que mandou foi do xibiu, aparado num corte conservador: "Especialmente para você." Ai, ai... para mim.

Digamos que o pacote ou a Joana que estava em volta do xibiu merecia esse meu desapego. Antes do nosso encontro, porém, quero falar uma coisa sobre os telefonemas. Notei, logo na primeira vez que nos falamos, um tom de voz — se é que isso é possível — pendular, rouco com leve sotaque carioca e adormecido. Joana havia recém-completado 21 anos e havia três meses estava no Rio fugindo de um casamento esquisito. Alguma coisa a ver com um judeu-carioca no interior dos Estados Unidos. Quando ela disse "fui casada" ou "morei com um cara"... e disse que não conseguia pensar em marido e mulher morando em lugares separados, tive a convicção de que antecipava nosso casamento, e me vi meio que no lugar do judeu-carioca, eu mesmo trabalhando em algum emprego boboca no Texas, com medo de ser descoberto pelo serviço de imigração: de repente era como se já fôssemos casados desde o primeiro telefonema.

Bati muitas punhetas por conta da "inclusão", quero dizer. Uma coisa honesta, inédita.

Diferente das outras punhetas batidas somente em função das minhas taras. Pela primeira vez eu homenageava uma mulher que era de verdade — e eu era o homem atrás do meu próprio pau. As punhetas que toquei para Joana não tinham nada a ver com as tesões desdobradas tampouco com os Frankesteins da libido com os quais eu havia me habituado e me abastecido ao longo do tempo... arrisco mesmo a dizer que eram punhetinhas católicas.

Ou ainda. Nunca, em nenhum momento da minha vida, me deixei "incluir" por qualquer coisa. Seria muito fácil se eu dissesse que escolhi ser um solitário. Mas não é só isso. Talvez eu nem desconfiasse da minha independência, e não fosse frágil o suficiente para ter medo do fracasso, quer dizer, eu sempre fiquei na minha: mantive as devidas distâncias e perdi as melhores oportunidades por opção. Portanto, não se trata — apenas — de um cara que nunca teve uma mulherzinha, mas de uma certa autonomia e liberdade adquiridas através de uma distância premeditada. Eu mesmo é quem escolhia levar os prejuízos, e ficar sozinho. As grandezas e mesquinharias eram intrínsecas... com isso, criei uma casca grossa que me protegia da realidade e me dava guarida para seguir em frente, apartado de tudo e de todos. Nessa condição, jamais cogitaria de dividir minhas inhacas com uma mulherzinha... não que eu não confiasse em mim e não me conhecesse a ponto de saber que eu era um travado — muito pelo contrário. O problema, digamos, era das mulheres que não tinham os instrumentos, sustos, sobressaltos e iluminações para trocar e/ou se confrontar comigo e com minha proibida e esquisita independência. Fui um grande punheteiro. A partir daí a solução mais fácil, em se tratando das mulheres, era comê-las: literalmente. Virei um canibal de almas ridículo. Um vira-latas, cheio de charme, e estilo.

Mea culpa. Seguindo o raciocínio: sempre tripudiei, usei e joguei fora os bifes e as almas que me eram oferecidos às baciadas. Achava, sinceramente, que a vida não valia a pena ser vivida... daí que, para mim, foi muito fácil matar os lugares-comuns e também foi muito fácil escrever cinco livros geniais. Agora está explicado: fiz o que havia de mais óbvio, redundante e mesquinho. Troquei a vida pela arte.

Até que Joana apareceu. Ela me incluiu. A filha-da-puta me disse que a vida era maior. Oh, Deus... Ela estava blefando — "me come, você é o maior escritor do Brasil" — e usava minhas armas!

Ora, aceitei. Disse "eu te amo" e conheci a felicidade e os lugares-comuns todos que havia repudiado, e acreditei na porra da vida, compartilhei todos os fluxos mamíferos e as comidas mexicanas. Não bastasse isso, Joana citava trechos dos meus livros e queria ter três filhos homens comigo. Negociei uma garotinha que seria minha preferida, e também falamos em cães e gatos, ela disse que iria comigo para qualquer lugar, e até na hora de desligar o telefone nos tratamos com timidez e beijocas de namorados. Nada a ver com o descontrole dos emails. E no outro dia o telefonema foi igualmente constrangedor e delicado, tanto da parte dela, que queria saber minha data de nascimento e insistia com aquele treco de comida mexicana, como da minha parte, que me atrapalhei todo para dizer que nasci em nove de maio de sessenta e quatro e que gostava sim de comida mexicana e de qualquer comida que ela gostasse, e que não tinha certeza mas parecia que meu ascendente — isso, isso que ela queria saber — era escorpião ou qualquer coisa ou lugar para confluir e me imiscuir ou combinar com ela no céu de Marte ou na casa do chapéu... e aí gaguejamos muito ao telefone e nos despedimos com "um beijo" e "milhões de beijos para você": para mim, milhões de beijos para mim... Oh, Deus...

No dia seguinte, conheci o rosto de Joana. Sem pedir, ela me mandou uma foto por email. Era linda, olhos amendoados e os lábios cheios de batom que providenciara para me dar "milhões de beijos". Uma menina, em meio a juras de sacanagens e fetichismo, que queria me dar "milhões de beijos", meu Deus, logo para mim que a vida inteira me dediquei a lamber azulejos e arrancar esperma dos lugares mais improváveis da libido, a ponto de quase esgarçá-la — como se isso fosse possível... Oh, Deus, "milhões de beijos" prum cara travado que não só passou a vida a colecionar abismos mas que sobretudo empenhou-se cuidadosamente em evitar e descartar aproximações com qualquer coisa diferente do próprio abismo... desejo ou doença? Tanto fazia. Vale que eu me bastava e conseguia contaminar o entorno, e me alimentava disso, e destruía para criar, e tudo, enfim, podia se esvaziar e começar numa simples e proverbial punheta. Beijos, beijocas e saudades.

Ela no Rio de Janeiro e eu quarenta anos fugindo dela, em lugar nenhum. No dia oito de junho de 2004, depois de 130 anos, Vênus eclipsou o Sol, e eu não via serventia alguma na meteorologia astrológica ou não conseguia (embora já tivesse começado a acreditar em coincidências) substituir a imagem do eclipse pelas fotos de Joana, cada vez mais sacanas. Quero dizer: bati muitas punhetas por conta dos trânsitos astrais e principalmente para a foto do ventre gordinho de Joana: o mesmo que idealizei para descansar depois dos combates e de tanto tempo perdido nas punhetas. Cheguei até a acreditar que havia "perdido tempo" com punhetas. Uma coisa não tinha nada a ver com a outra. Ora, Vênus era um indício? Ah, que se fodesse... foda-se.

O que era punheta virava destino... e a tesão estranhamente acompanhava o movimento dos planetas, num prenúncio de cartas marcadas e final de maldição.

Segundo os estudos astrais de Joana (via email, junto com a foto dela raspando o calcanhar com pedra pome), eu poderia tranqüilamente substituir George Bush no governo americano e não fazer feio, tinha reais possibilidades de invadir o Irã e a Coréia do Norte e acabar com o mundo, tamanho meu egoísmo e a volúpia de desprezar os sentimentos alheios. No alvo: foi o que ela viu no meu mapa astral. A tesão, porém, era tanta que Joana armou um jeito de cruzar nossos dados, dar uma pirueta no trânsito de Júpiter e enfiar Vênus na casa do caralho e dos meus ascendentes mais esdrúxulos. Agora sim confirmados: em touro, touro e capricórnio, que evidentemente combinavam com chifres generalizados e com o signo dela. Éramos feitos um para o outro... e, se não bastasse, Joana estava em seu período fértil, "louca" para me ver e, além de um céu de estrelas a nosso favor, incluiu uma amiga vidente que lhe assegurou a presença de um homem mais velho e famoso em sua vida, perfeito. Mais velho eu era mesmo, famoso, embora não fosse bombeiro, eu poderia ficar de uma hora para outra — e trocaria de bom grado toda a minha fama pelo arroz papa que ela jurava ser uma de suas especialidades, e também iríamos juntos à praia e minha filha preferida se chamaria Ritinha, mesmo que ela não quisesse. E de qualquer jeito, estávamos acertados. À meia noite, dia 18 de junho no Hotel Serrano. Ótimo: depois de quarenta anos eu havia arrumado minha Eva Braun. Só não podia imaginar que — de fato — o que havíamos combinado era o nosso fim.

A foto da bucetinha depilada "só para você meu amor" (corte conservador... para mim) me fez reafirmar o pedido anterior: nosso encontro tem que acontecer numa alcova neutra, aí no Rio de Janeiro... vamos economizar nos emails e telefonemas.

Ela disse que sim, aceitou.

Outra vez: bêbada de uísque, lambuzada de batom. Eu compareceria barbudão, gordo e iria "fazê-la" a partir da bundinha, conforme solicitações astrais irrevogáveis. Por mim, tudo bem. Sem camisinha, melhor ainda.

Período fértil. Ai, ai.

No Dia dos Namorados, 12 de junho, liguei para ela. Era a primeira vez que fazia isso... Dia dos Namorados e Joana estava se preparando para a noite mais importante de sua vida, me esperava. Inventou outros dois filhos e um cachorro labrador e edredons secando no varal. Acho que foi isso...

Faltavam seis dias. A tesão da espera me aborrecia (engendrava-se em si mesma, a bem dizer). Resolvi bater punhetas protocolares sem idealizar Joana e de acordo apenas com as imposições do calendário gregoriano de que dispunha. O tempo demorava a passar. Isso refletiu-se no email que mandei quando faltavam cinco dias. Fui lacônico, porém não deixei de demonstrar interesse. Sabia que ela reagiria à altura. E novamente Joana me surpreendeu: disse que também "batia punhetas para mim"... para eu parar de ser besta e ligar à noite. Desde que eu "batesse siriricas" para ela. Ah, Joana...

Imaginei que iniciando os emails com "minha querida" ou qualquer outro "minha isto ou aquilo", de alguma forma garantiria minha virilidade por antecipação, como se demarcasse territórios... sei lá, eu estava quase que virado num macaco-prego, agia mais pela agudeza e pelo faro; essas coisas que há muito, desde os tempos do futebol no areião, eu havia esquecido de pôr em prática.

— Querida...

Talvez agisse assim para não lembrar a passagem dos anos ou mesmo para expurgar aquela época tátil e selvagem em que eu — ah, que saudades... — não sabia embaralhar as cartas e usava a inteligência para fugir de mim mesmo ou simplesmente para me distrair do sentimento amoroso e sufocá-lo, guardá-lo em seu respectivo escaninho... para um futuro distante, bem distante. Ah, eu tinha meu futuro sob controle: como se prescindisse da vidência e a solidão tivesse me escolhido numa apuração fraudulenta, assim — antes de Joana... — o alheamento iria me blindar do porvir, e eu jamais me importaria em esperar e sofrer. Uma época em que, apesar das punições e do medo e do não-sabido, apesar de tudo e de mim, eu conseguia, em suma, ser feliz com tão pouco, eu comigo mesmo.

Foi exatamente esse sentimento que voltou a me impregnar. Dessa vez, porém, por um motivo tão improvável e desacontecido quanto os campinhos de areia da pré-adolescência: o amor de uma mulherzinha. A partir daí acabava minha solidão. Acreditei que poderia me livrar do deserto... que a companhia de Joana era mais confiável do que a minha própria, e que eu poderia seguir adiante, eu e ela, dois chimpanzés. E foi muito bom.

Joana retribuía com jogos, besteirinhas de namorados. Uma delícia constrangedora vista de fora — que só posso chamar de Mel. Trata-se, na verdade, de um itinerário de delicadezas óbvias e promessas de cavalgaduras, cócegas aqui e ali e uma infinidade de agrados e diminutivos os quais, hoje, eu procuro evitar mas não tenho como dizer "não é ridículo" simplesmente porque é mesmo ridículo e necessário; qualquer rádio FM vive disso... e com Joana não seria diferente: eu recuperaria o tempo perdido, claro que sim, eu acreditava que sim, que ela fazia parte dos meus desfazimentos mais antigos, e até da época da espera, ora!, eu havia me desdobrado nela e, pela primeira vez, inventava carnavais, pierrôs e colombinas... e mais: por conta do nosso amor fui feliz e conheci o transe grudento dos apaixonados, com direito — ainda, ainda... — a ciuminhos insuspeitados & coincidências sobrenaturais... e cobranças tácitas e beijocas, filhos, edredons, cães e gatos, e qualquer coisa me encantava em Joana, e ela correspondia, dizia que sim "lambuzada de batom, meu amor"... enfim, era chegada a hora de ouvir Roberto Carlos, confiar em cartomantes e videntes, sentir o cheiro do mar, cavalgar e ser cavalgado (em sentido estrito, claro...). A situação estava sob controle!

Oh, Deus! Eu acreditava que sim!

O mais intrigante é que mesmo tendo a "situação sob controle" não deixei de corresponder às expectativas mais doces, carinhosas e mamíferas — todas — da parte dela. A maior prova do meu desatino (ou coerência?) é que aceitei de imediato o pedido de casamento. Não tive a menor dúvida. Quer dizer... não vou mentir. Óbvio que o manipulador desconfiava que estava sendo manipulado. Mas e daí?

Eu continuava — dentro da minha imaginada prudência — usando possessivos carinhosos, enlouquecendo com as fotos sacanas que ela mandava por email e tocando punhetas para debochar das conjunções astrais... sem desconfiar que aquela situação esdrúxula era, na verdade, uma coqueteleira diabólica que misturava tesão e ternura: dois sentimentos nitroglicerínicos — até então... — inconciliáveis para mim. Foda, foda. O tipo de inhaca inusitada, disparatada e improvável que, em última análise, estava fora das minhas aspirações e *hors-d'oeuvres* de praxe.

Só me restava quebrar a cara... disso eu tinha consciência. O que, é bom que se diga, não queria dizer grande coisa em se tratando de um apaixonado de primeira viagem; "consciência", nesse caso, era algo muito próximo de "falta de opção", cegueira mesmo... ou leveza, isso mesmo: leveza. Exatamente o que eu sentia quando imaginava Joana dentro de uma música de Roberto Carlos, e eu dentro dela. A imagem de um "café na cama para nós dois", e um motel vagabundo era recorrente — e me deixava apreensivo.

O fato de eu não acreditar em "café na cama" e em toda aquela breguice-besteirada astrológica (agora desmentida) não quis dizer, em momento algum, que ela, Joana, também não pudesse desacreditar, e que, por conseguinte, não estivesse dando as rédeas para este cavalo que era cavalgado... pensando bem, não poderia ser diferente. Tanto eu como Joana só precisávamos de uma coisa daquilo tudo: de Roberto Carlos. Ou pior: do jogo. E Joana sabia blefar... usava dos meus fetiches declarados e me seduzia com meu repertório mais desgastado.

Uma armadilha evidente. Armada por mim mesmo — que caí por fingimento. Isto é: porque jamais acreditei nas coisas que escrevi. Ela sim acreditava, e queria trepar comigo. Por isso não é o caso de dizer que mentimos um para o outro, mas que fizemos —

mais ela do que eu — ficção. A minha ficção. O veneno que produzi. O demônio que inventei desde sempre e que somente poderia brotar dos meus mais belos escombros... aos quais, e aliás, eu não dava a menor bola — antes de Joana.

Faltavam quatro dias para o nosso encontro

Joana fumaria Gauloises pelada e me falou de alguma coisa parecida com "languidez" — acho que sim — e ela mesma tratou de fazer as reservas no hotelzinho fuleiro, e disse que ia me esperar de calcinha preta, e fez mais: uma semana antes, hospedou-se na suíte reservada e tirou várias fotos do corpo nu multiplicado pelos espelhos do lugar. Enviou-as por email.

"Nem Borges sonharia com esses labirintos", eis o título do email. Também disse que havia aprendido a gostar de sushi e que havia saído da minha costela.

Se fosse o caso, eu aprenderia a comer comida japonesa de palitinho. Queria todos os lugares-comuns para mim. Não era nem a questão de dar os devidos descontos. Mas de tesão. Do tipo corrompido, de quem toca punhetas para Fátima Bernardes em reportagens natalinas, ou de quem — como eu — nunca participou de um amigo secreto. A inclusão de que falei há pouco.

Pois bem, dia 18 de junho recebi meu salário e meu plano era gastar tudo com Joana. Embarquei no primeiro avião. Cheguei ao Rio de Janeiro às quatro horas da tarde. Fiz o reconhecimento da área e não sabia se comprava ou não comprava um Viagra. Tinha vergonha.

Tive medo de não dar conta da cabrita engenhosa e completamente pirada chamada Joana, meu amor.

Comprei o azulzinho, apesar do constrangimento. De qualquer forma, decidi dividir minha vida em antes e depois de Joana. Me aboletei na Adega do Portuga, no Largo do Machado. Pensei nos meus amigos e inimigos — e escrevi a crônica da semana seguinte. Eu pedia uma reparação aos escritores que ganharam Jabutis e mensalões (bolsas Vitae) no lugar do meu "Azul do filho morto".*

— Para corrigir a maior negligência da história da literatura brasileira, um chope garçom.

Sou cristão, apesar de tudo. E, antes de qualquer coisa, garçom, quero deixar bem claro que sempre fui um cara sozinho. De uns tempos pra cá, fiz muitas amizades e me afeiçoei (talvez mais do que devia...) a várias pessoas que eu jamais poderia imaginar que um dia seriam meus amigos.

---

*Itaú, ag.0189, c/c 48227-6.

"Mais do que devia" porque, além de sozinho, nunca precisei de ninguém para me dizer que sou um bosta por causa disso ou daquilo. Eu me conheço. Eu conheço as mazelas que carrego para cima e para baixo no formato de M.M., talvez as conheça mais do que a mim mesmo — e o que é mais grave: tenho a convicção de que vale a pena "afeiçoar-se" (dar crédito) e aproximar-se dessas mazelas, e sobretudo desse fulano e de seus sofismas bochechudos e tristonhos, senão por afinidade, para evitar o constrangimento de ter a obra comparada à minha. Entenderam o recado? Se nem assim os senhores ficaram constrangidos, a eternidade se encarregará dos depósitos. Acho que não tem necessidade de outro rodapé.

Outra coisa. A partir do conhecimento do material em questão também adquiri uma facilidade redobrada para detectar e lastimar a afeição que indevidamente depositaram em mim. Montaigne sentiria inveja. Isso aqui — acho que já deu para perceber... — não é o tipo de literatura de quem ateia fogo às próprias vestes. Trata-se, antes de qualquer coisa, de uma história de amor — aparentemente sob controle.

O problema é que fico tocado com os meus amigos e inimigos — sou capaz de matar e morrer em nome de um Chicabon e exijo o sacrifício recíproco. Isto é: minha posição está consumada e termina onde me interessa.

— Outro chope, garçom.

Daí que não preciso me autoflagelar nem convencer ninguém a comprar meu peixe. Tenho meus próprios meios e liturgias e exijo — repito — uma contrapartida à altura. Sou capaz (ou era, antes de Joana...) de derrubar — entre outras banalidades e em nome de uma amizade — vários engradados de cerveja ou mesmo de passar uma tarde inteira rindo da piada dos outros somente para esquecer que o verdadeiro pano de fundo sempre foi e sempre será o meu interesse por mim mesmo.

— Um steinhaeger. E mais um chope.

O que importa no final das contas é (ou era) minha solidão. Ou falta de interesse. Quer dizer: eu ia levando e, assim, com a mesma intensidade e desatenção — ternura? — eu me entregava desbragadamente aos meus inimigos. Antes, antes de Joana.

Então o garçom trouxe o steinhaeger e mais um chope e eu pedi uma porção de salaminho. Fazia milhões de conjecturas... e tinha uma dúvida-esperança fundamental, que era a seguinte: Joana compartilharia comigo minha solidão mais escrota?

Ela garantiu que sim. E mais: prometeu uma vida de filhos, insignificâncias e almôndegas. Ótimo.

— Traz mais um, garçom.

Não digo que me bastava, não é nada disso. Muito pelo contrário: nunca dei conta das minhas mazelas e dessa maldita solidão (da qual me alimentei fartamente, é bom dizer...) e que me fez maior do que eu poderia ser; a mesma solidão, aliás, que me fazia sentir regozijado comigo mesmo e que — no frigir dos ovos, porra! — me dava garantias para quebrar a cara...

— Entende, garçom?

Um misto de vingança e reconhecimento. Tanto em relação à grandiloqüência e ao prato servido, quanto às falcatruas e à dissimulada falta de interesse do meu gênio, aquele filho de uma puta.

O problema — outra vez... — é que de vez em quando era quase impossível repartir os frutos dessa inhaca. Ora, com quem eu dividiria o motim?

Com meu gênio escroto? Outra vez?

— Não garçom, nem fudendo.

Somente Joana poderia afundar comigo. Então, Joana. Tenho que dizer que esse regozijo nunca foi uma contradição em si. Ou um malogro completo. Além das garantias para quebrar a cara, eu dependia da mesma dor e do sentimento de demolição para avançar exatamente contra quem eu mais amava. A palavra "traição", portanto, é mais adequada do que a expressão "completamente falso". Pressupõe uma troca e não necessariamente uma mentira — algo que se aproximava, digamos, de um ato de resistência em se tratando de um solitário do meu feitio. Antes, antes de Joana.

De qualquer forma, os resultados me favoreciam — e de antemão eu conseguia descartar qualquer possibilidade de eufemismo... e mantinha meus ímpetos estóicos sob controle.

— Simples, meu amigo: traz mais um chope.

Eu sempre tive todas as provas, argumentos e evidências da minha grandeza. Não podia ser diferente. A razão, em última análise, é que me fornecia todos os álibis e justificativas para o funcionamento despirocado desse meu gênio escroto. Daí as tripudiações, as frases de efeito e os golpes abaixo da linha da cintura, invariavelmente mortais.

Um dado fundamental:

— Jamais gozei, garçom.

De modo que eu poderia ter saído de cena numa boa. "Tipo criar peixes salmonados em Itatiaia", foi o que eu disse ao garçom e repeti ao recepcionista do Hotel Serrano, depois de ele ter confirmado a reserva feita por Joana.

— Era tudo o que eu queria: criar peixes salmonados em Itatiaia! Ah, meu bom amigo: Joana disse que sim!

Vejam só: peixes salmonados. Ou trutas... para ser mais singelo. Ou ainda: eu, Joana, a indiazinha e mais três xaropes filhos dela, edredons, cães, gatos e se não fosse isso eu não ia agüentar voltar aos livros... eu não queria voltar aos livros.

No entanto, voltei. Aqui estou escrevendo uma história que não era para ser escrita... quando gozei lá dentro queria minha filha e não outro livro, e Joana abriu as pernas e disse que sim, eu acreditei e fui enganado mas não podia cogitar de cumprir novamente o itinerário da maldição. Se tivesse que cumpri-lo — Oh, Deus, meu Deus, por quê? — seria a contragosto, quer dizer, antes de Joana eu escrevia para me vingar da vida, não imaginava que Joana — justamente ela, quando resolvi baixar a guarda e apostei na vida! — faria o trabalho imundo por mim. E ela foi além. Matou a vida e foi muito mais além: me entregou uma ficção prenha no lugar da minha indiazinha preferida... sei lá, talvez eu não devesse reclamar tanto e talvez ela tenha sido generosa demais comigo, e talvez tenha me devolvido a mim mesmo, em dobro: cinzas, desfazimentos, morte e destruição. Foi com esses quatro elementos que ela trepou. Eu só entrei com o amor, que foi pouco ou quase nada para ela. No lugar de uma mulher, arrumei uma cúmplice, e aqui estamos. Aqui estou.

Assassino e assassinado. De volta e com a carga redobrada, muito mais escroto, e agora — por que, meu Deus? — sem dor, sem vacilar em aniquilar quem mais eu amei e quem me amou... e dessa vez quero me vingar em dobro do meu gênio escroto. Ele merece. Eu mereço. Vou fazer isso pela indiazinha. E é claro, eu é quem vou pagar essa conta por ter conseguido — mais uma vez, até quando? — sobreviver à maldição.

— Mas quem disse que eu troquei a vida pela arte, garçom? De jeito algum, nem fodendo. É brega mas é isso: traz a conta e a saideira.

Aliás, uma coisa que me intriga é o apelo por mais compaixão da parte daqueles que me amam. Para que o amor? Por quê? Não há tempo de negociação. Eu sei o que digo: depois de ter escrito os livros que escrevi, eu sei. Porra, parece que não me entenderam.

"Se alguém quer meu amor, terá que compartilhar meus assassinatos", foi a segunda coisa que eu disse ao recepcionista do Hotel Serrano. Ao que ele me respondeu: "Acho que é uma troca razoável. A reserva está confirmada para o dia 18 de junho, senhor."

Outro dado: quando falo em "assassinatos" há que se dar um desconto e ao mesmo tempo não vacilar. A grandiloqüência e o exagero do amor, eu trocava (antes dela...) por um engradado de cerveja bebido a contragosto. Ah, antes de Joana as coisas eram rudimentares, trágicas e previsíveis.

— Entende, garçom?

Joana me amou muito mais do que eu poderia imaginar

Tanto que a falta que ela me faz é tão grande que nem a presença dela aqui e agora seria o bastante para preencher o vazio que me abocanha.

Trata-se de um vazio que antes de tudo é problema físico e que só faz aumentar a partir de uma equação lamentável e infernal estabelecida por Joana: "te amo... mas não tenho tesão por você". Sei que é pedir demais — sobretudo depois de ter levado o pé na bunda que levei — e sei que está além da compreensão dessa moleca, ainda assim, gostaria de pedir; ou de desejar se fosse possível: que ela me amasse do mesmo jeito que a odeio nesse momento. Talvez seja a primeira vez que peço algo diferente do meu ódio a alguém — não faz mal que seja em vão, não faz mal que seja amor. Tanto faz, tanto faz. Eu preciso de qualquer coisa para enfiar no lugar da alma... qualquer coisa que substitua meu coração podre, que preencha a falta que ela me faz.

— Se me ama, então vamos achar essa maldita tesão juntos.

Não é assim? Infelizmente não. Se é que me fiz entender... é que depois de tudo não consigo mais administrar minha própria queda. Sofro por alguém que não me quer, e que também cai.

Às vezes eu chegava a ser insuportável (sempre agüentei o tranco...) e a única opção diante dos meus holocaustos era pedir demais. Nunca pedi que me odiassem menos. O ódio que eu despertava era proporcional ao meu talento — e o lugar-comum me servia de combustível. Simples, e era assim. Eu ia levando...

A situação era realmente insuportável. A diferença é que, antes de Joana, a palavra "insuportável" não existia para mim. Quem não ama — agora entendo — além de pechinchar pode servir-se de paradoxos... e eu me esbaldava sob esse aspecto. Taí. Antes dela, eu era um sujeito perfeito e — embora eficiente — quase impraticável. Ia a churrascos, comia putas e fazia aniversário todo ano no dia nove de maio. Tudo era muito simples. Às vezes — isso não era raro — um chicabon podia fazer um estrago danado (do tipo sentimental...) em mim, às vezes — quase sempre — eu resolvia o problema e desejava bananas sôfregas, mágicas, trôpegas e desejava azaléias e cortejos de avencas aos meus inimigos e orquídeas... e tudo caminhava mansamente dentro do desfile de almas mortas que eu havia estabelecido para levar de arrastão todas as ruínas — minhas e dos outros. Ou mais: eu desejava beijos gelados na face dos meus torturadores e cinco costados à beira-mar... e como não era sincero, ainda dava tempo de lamber a buceta das putas, atear fogo em belas casas de praia com vista para o mar e desejar Verões de 42 incondicionais a corintianos e palmeirenses. Os outros, enfim, que elaborassem suas listinhas de supermercado. Que se fodessem, e o mundo junto.

Agora, não. Agora é diferente: eu me fodi. E tenho uma confissão a fazer. Queria acreditar cem por cento em Deus. As coisas se resolveriam com mais facilidade e eu poderia ser mais gratuito e humano. Mas não dá. O que tenho é Joana e minha solidão. Ainda é pouco, quase nada diante do amor que sinto por ela.

Não foi pela foda que arranjamos

Tampouco por executarmos — feito dois chimpanzés — os mais belos planos da tesão. Nada disso. Se deu tudo errado... foi porque, ao contrário do que imaginamos (eu, talvez, mais do que ela...), não conseguimos — não consegui — me libertar das mesquinharias e da cobrança do dia seguinte.

A dor, minha dor... vem daí.

Não precisávamos de nada mais do que nosso amor intentado. Se logo no primeiro encontro combinamos uma trepada no Hotel Serrano — ela sugeriu o lugar, eu apenas sugeri uma alcova neutra — foi para fugir disso tudo. Pelo menos eu acreditava que sim.

Eu não precisava deste livro. Nem ela. Joana me prometeu uma vida de insignificâncias e peixes ornamentais, embora eu insistisse nos salmonados. Viagens à Disney e reunião de pais e mestres. Domingos. Televisão. Filas.

— À meia-noite, o hotel fica no Largo do Machado.

Dia 18. Joana de calcinha preta dos emails, bêbada de uísque... louca para dar para mim. Um pouco mais gordo do que a foto que enviei... e barbudão. Ela me prometeu a praça Serzedelo Correa. Pastéis de bacalhau em Santa Teresa.

"Claro que sim, meu bem"

Incluiu cartomantes, orquídeas, mapas astrais... sua porra de clarividência para dizer outra vez que sim. Alugou um apartamento em Copacabana. Eu me encarregaria dos porta-retratos e da instalação da estante. Ia fechar minha quitinete em São Paulo e mandar Gadelha, meu gênio, para a puta que o pariu, ia encaixotar meus livros e CDs e levar tudo para nosso apartamento em Copacabana. Depois da trepada cinematográfica, iríamos (juntos, eu e Joana) organizar os livros dela ao lado dos meus, os CDs. Queria apresentar Tony Lemos a Joana, o Elvis Presley de Apucarana... sem falar que eu ia desfiar vantagens a respeito dos bailões, da terra roxa e de lugares ao norte de Ivaiporã que nunca freqüentei. De alguma forma, eu estava reinventando meu repertório para ela, e acrescentaria casos do garimpo na Canastra e o naufrágio de minha escuna fantasma, tudo para vê-la sorrir, para tê-la ao meu lado.

Joana, 21 aninhos. Uma semana antes eu completava quarenta cravados. Não era para eu estar aqui, hoje, às 4h21 da madrugada, olhando o relógio do Itaú, da minha quitinete da praça Roosevelt. Vazio filho-da-puta. "Blue in Green", Miles Davis.

Ah, minha mulherzinha

Agora, lá no Rio, a vadia deve estar chupando picas em espirais. Depois vai descansar no colo de um babaca qualquer em vez de estar aqui ao meu lado, ouvindo minhas mentiras. Minha mulherzinha.

Sim, porque ela disse que era minha mulherzinha e que eu era o homem mais velho das cartas. A vidente, a cartomante, os mapas astrais e a puta que o pariu disseram que sim, e ela disse que ia me esperar de calcinha preta lambuzada de batom.

O que aconteceu, meu amor?

Nós não merecíamos a falta. Eu sei o quão dolorido é ter que sacrificar a vida para escrever um livro. Quando digo isso, não estou fazendo proselitismo. E sei também a margem de mutreta que esta sentença encerra; literatura não é feita apenas de esperma, sangue e alma, não adianta nada disso se um escritor que sangra, esporra, vive e morre em função dessa inhaca não se empenhar igualmente em foder o cérebro, a razão e o escambau para satisfazer a própria dor, o ato, Deus, ou quem quer que seja, que, de antemão, condena esse merda fraturado a sobrevoar os abismos, escrever, escrever e se foder de verde e amarelo, a ser enfim — embora pela metade — os dois lados da mesma moeda. Taí a beleza; é do que disponho, e não é nada.

Aposto sabendo que vou perder. Acerto deliberadamente o alvo errado e me desobrigo da credulidade... Oh, Deus, e creio! Não é fácil, sobretudo no meu caso, escrever na primeira pessoa e ter a cara-de-pau e a honestidade de dizer: "Já matei várias vezes... e essa era minha última vida."

Por tudo isso, não usei camisinha... apostei tudo o que eu tinha dentro dela. Quebrei a cara. A tesão matou o amor — foi o que eu entendi, nem me importo de ter pego uma AIDS.

E dói. E dói demais

Começou com um email. Joana escreveu um livro e queria que eu desse uma espiada. Na mensagem, dizia que eu era seu escritor preferido. Pediu meu endereço. "É possível?"

Aí eu fui o filho-da-puta de sempre e resolvi mandar meu endereço. Pedi a ela uma foto "comprometedora". Tive a resposta acompanhada de uma bundinha arrebitada: "Oi, Marcelo. Te mandei o livro pelo correio e a minha bundinha por email. Beijo, Joana."

Trote. Só podia ser trote. Investi na brincadeira. Foi a minha vez: mandei-lhe uma foto de smoking, na praia, ladeado de belas garotas. E escrevi o seguinte: "Por que você não vem junto com o livro e traz a bundinha?"

Tudo junto, ela, a bundinha e o livro. Eu estava em Florianópolis (de smoking) uns dez quilos mais gordo e envelhecido, e ela no Rio de Janeiro, mais bonita, tesuda, estudante de rádio e TV — de calcinha preta enfiada no rego, a me esperar.

"Marcelo, barbado, gordo e louco para me ver? De tanta alegria, invisto nas minhas coxas. Amanhã vou passar batom, beijos, Joana."

Pedi mais fotos e caí (caímos?) na mesma arapuca. Fiz questão de ser encaçapado, aliás. Depois disso, Joana enviou fotos dos pés, dos joelhos, da barriguinha, uma depois da outra, dos ombros queimados de sol e das unhas pintadas em minha homenagem, do quarto dela, do vasinho de flores e do "nosso apartamento" onde iríamos "trepar muito"...

"Ontem fiz várias fotos para você, mas vem logo! Estou feliz, beijos, Joana." Pela primeira vez me ocorrera que alguém fizera "algo por mim". Só não me ocorreu a pergunta: quem tirou as fotos?

Resolvi marcar o dia do nosso encontro. Dia 18. Pedi o telefone. Ela me mandou um email no dia seguinte: "Oi, Marcelo. Vou morrer de alegria. Hoje recebo uma amiga grávida que veio de São Paulo me visitar. Ela vai passar uns dias aqui. Dia 18 é bom porque já entrei de férias da faculdade, de apartamento novo e batom. Tenho todas as fotos do mundo para você. Anota meu número e liga."

Amiga grávida era algo plausível. Dia 18 é que estava muito longe, férias da faculdade, apartamento novo e batom, todas as fotos do mundo para mim.

Dessa vez, depois de Joana me mandar quase todas as partes do seu corpo à exceção da xoxota da última foto antes do encontro (exibindo um "corte conservador"), ela mandou a foto do rosto — que eu não havia cobrado. Não cobrei por delicadeza, e porque àquela altura também não me importava. "Essa vai para meu escritor preferido." Linda, vinte aninhos, morena, sorridente, dentes grandes, boca de batom vermelho... "esperando para me beijar, beijar, beijar muito".

Não podia ser trote. Liguei. Ela atendeu, calma e doce, uma voz adormecida, feita, digamos, para embalar as fotos mas que não combinava com elas (assim como uma foto não se encaixava à outra). Se dizia tímida, filha de um poeta cearense e de uma mãe que se suicidara aos 31 anos. Joana havia se separado recentemente de um gringo e tinha lido todos os meus livros. Eu acreditei — ou melhor, me encantei — principalmente com a timidez adormecida, a voz rouca e um sotaque levemente acariocado. Além de ser seu escritor preferido, eu era o "homem de sua vida". Nos telefonemas que se seguiram, tratamos de gatos e cachorros, três filhos e uma garota que seria a minha filha preferida (aquela que Joana matou com a pílula do dia seguinte), detalhes da vida doméstica e edredons... um sítio em Itatiaia, peixes salmonados da minha parte e horóscopo hi-tech da parte dela, famílias em São Paulo e no Ceará, periquitos e papagaios e, sobretudo (ou estranhamente), combinamos amenidades e bobagens que nada tinham a ver com as fotos e as mensagens sacanas que trocávamos nos emails: "Adorei você ter ligado, além de acreditar em horóscopo, tenho pés grandes e bem formados, 1,65 por 3D. Quase um L". Seguiu-se outro ângulo dos pés, dessa vez com um cigarro aceso entre os dedos. "Beijos de sua Joana."

Ai, ai. Minha Joana. Mulherzinha. Então ela pediu minha data de nascimento e o local, iria fazer meu mapa astral e nossa sinastria.

— Como, Joana? Canastria?

(Aqui, nesse ponto, os vários amantes de Joana devem estar se identificando comigo.)

O nome disso é repertório de uma colecionadora. Mas vamos lá: ela não gostou da brincadeira e disse que era para levar a sério o amor que sentia por mim: "Sinastria, meu bem. Que é o cruzamento do seu mapa astral com o meu."

Vejam só. Cruzamos nossos mapas astrais — isso me rendeu uma dezena de punhetas, uma atrás da outra. O curioso é que — apesar das brincadeiras — eu acreditava em tudo.

Às vezes acho que ela fez alguma macumba para me enlaçar. Uma pena que ela mesma acabou com tudo. Por mim, eu seria o vuduzinho dela.

Segundo Joana, a sinastria revelava o mais perfeito equilíbrio. Beijos, beijos. "Não vejo a hora de chegar o nosso dia, beijos Joana."

Ia me esperar de calcinha preta: "Ontem também comprei um vestido para te esperar. Quero estar bem bonita e bêbada para você me ver."

A tesão seguia nos emails. Os telefonemas cada vez mais doces e caseiros. Resolvi dar um ultimato. Se ela topasse, viveríamos uma história perfeita — aquela que não precisava ser escrita. Daí propus uma alcova neutra para o nosso primeiro encontro, dia 18. Um hotel vagabundo, à meia-noite.

Até lá não nos telefonaríamos mais. Evitaríamos emails e fotos. Apenas nosso encontro e nem mais uma palavra sequer. Sugeri que ela me esperasse bêbada de vinho. Seguiu-se o email:

"Uísque, meu amor. Vou estar bêbada de uísque. Que tipo de hotel você quer? Pensei no Serrano, de placa néon. Ali no Largo do Machado, e nem mais uma palavra sequer. Antecipo o Dia dos Namorados para você, beijos, beijos, Joana."

Peitinhos rosados e empinados, dois. A foto trêmula "Beijos Joana, sua mulherzinha."

Tesão, né? Uma vida sem livros, filhos... muitos beijos. E, ainda por cima, Joana tinha dinheiro e prometeu cuidar de tudo, disse que eu desencanasse — para sempre.

São Paulo, apesar de mim

Claro que sim, ela entendeu perfeitamente a mensagem que deixei gravada em sua caixa postal. Agora ela é quem havia deixado três recados na minha secretária eletrônica: nenhum batia com a hipótese que eu comecei a ajambrar naquela madrugada antes de me decidir a voltar. Quando acordei sobressaltado e Joana não estava ao meu lado. Gostaria que ela tivesse deixado um recado do tipo: "O Rio de Janeiro é uma linda cidade ao amanhecer." No entanto, as circunstâncias — e minhas teses — eram muito mais escrotas e, talvez, estivessem aquém do amor e da vertigem que eu sentia por aquela garota. O seguinte: 1. Joana havia realizado a fantasia de trepar com seu escritor preferido, eu, o trouxa; 2. Puta, vadia, biscate, tesuda... enfeitiçada e linda.

O problema é que a voz desesperada gravada em minha secretária eletrônica dizia o contrário: 1. Ela sentia minha falta; 2. Pedia desculpa pelo desencontro (e aqui não vai nada subentendido); 3. Trepar cinco vezes numa noite não quis dizer nada, e afinal ninguém é obrigado a dar tesão a ninguém; 4. A hipótese dela e a qual eu, de qualquer jeito e em qualquer circunstância, repudiaria veementemente: queria ser minha amiga; 5. "Me amava". E 6, 7, 8 etc. etc.; e 9. "Não peça para explicar"; 10. "Sinto-me muito mal por não ser a sua mulher." E 11, 12...

Bem, fiz o que estava a meu alcance. Passei a mão no telefone e liguei para o Rio de Janeiro. Fui prático e objetivo, feito uma pílula do dia seguinte:

— A gente não vai mais trepar?

— Acho que não.

— Acho?

— Não, nunca mais.

Então a coisa era mais grave do que parecia. Ou mais confusa... e meu amor cada vez mais impotente diante da tesão que ela não sentia por mim. Tanto amor, tesão nenhuma.

Sim, e eu? O que eu ia fazer com a maldita tesão que sentia por ela? Enfiar no cu? Então a gente nunca mais ia trepar?

Nada, não, nunca mais?

* * *

Algumas coisas bonitas de que eu me recordo

São coisas que antecederam os telefonemas. Eu não sabia o que havia acontecido. Andei muito naqueles dias. Antes da ponte aérea. Antes de ver o Cristo estrangulado em nuvens de magnésia bisurada. Teve um táxi que me deixou no Leblon. Inventei despedidas e incluí a mãe suicida e a tesão meio que óbvia que ela sentia pelo pai. Também entrei numa loja de calçados no Catete e perguntei pela indiazinha, desesperado... e descobri algumas coisas num terreiro de macumba... todavia, aqui, não me interessa fazer esse tipo de revelação. Quero falar de Joana, "apesar de mim".

Ela dormiu quase vinte horas seguidas: efeito da mistura da pílula do dia seguinte com os antidepressivos e as idéias cheias de uísque e mentiras que tanto me encantaram; posso falar em delicadezas da parte de Joana & irrelevâncias do tipo "a pílula causa espinhas". Ou ainda... me lembro da preocupação dela de só me encontrar quando estivesse plenamente recuperada... que eu não ligasse antes: "não te quero, te amo".

A despedida foi na Santa Clara, às dez da noite. Na ocasião eu ainda estava hospedado no hotelzinho fuleiro do Catete. Cheguei às oito.

Quinta-feira: um dia depois de Joana ter me evitado pela primeira vez.

Sexta-feira: a encontrei no restaurante árabe. Nesse dia levei o pé na bunda. Choramos muito. Uma situação doce, porém sustentável. Naquele momento, vivemos uma linda cena de despedida.

Dez dias antes havíamos ajambrado a maldita tesão. Do hotelzinho no Largo do Machado — "me come, você é o melhor escritor do Brasil" — seguimos para o Lamas, e às cinco da manhã caminhávamos num Rio antigo... e eu não conseguia pegar na mão dela... enquanto isso, Joana cacarejava com a amiga ao celular. Teve o beijo no táxi. Andei muito, chorei demais.

Antes, antes do táxi. Acompanhei Joana até o posto três, e ela se agarrou no meu braço como se fosse uma mulher de folhetim.

Todavia, o mais bonito foi a noite antiga — que já havia se livrado de nós dois... sem que percebêssemos fazia uma lua cheia, se bem me lembro...

Joana me garantiu que não terminaríamos assim. Nem sei por que aluguei aquele apartamento no Leme, não sei de nada. A praia prometida para o outro dia não passou de uma delicadeza que não tinha chance alguma de acontecer. Eu tentava — tento — lembrar dos melhores momentos e não lembro — não consigo lembrar — dos olhos dela.

O sobrenatural, o Gil, a ciência ou qualquer outra meleca parecida me devem uma explicação. Como é que pode ter acabado assim?

As hipóteses não batiam. Oh, Deus... Eu gozei dentro dela. Joana não fez qualquer objeção. Nos beijamos um beijo gelado de cerveja... e isso foi muito bom.

Também fiquei feliz em repartir "alguma coisa" com outra pessoa: havíamos matado a indiazinha juntos. Isso me deixou feliz? Sim, sim... muito feliz porque pela primeira vez eu não estava sozinho e pude contar com uma cúmplice.

Eu & Joana. A partir daí levaríamos uma vida de miudezas. Tudo o que eu queria para "nós dois" era encontrar o Zagallo fazendo cooper no calçadão. Isso aí: filas duplas e shopping Botafogo. Eu ia entrar numa academia e comprar roupas esportivas. Claro, estava tudo acertado. Eu já tinha a fórmula e o emprego de cronista maldito. Dinheiro não ia me faltar. Além disso, eu podia dar workshops, organizar oficinas literárias e me associar ao Bonassi. Nunca mais ia escrever um livro de verdade. Ia me vender mesmo. Se fosse o caso, escreveria umas *soap operas* para a Globo sob orientação da Fernanda Young. Queria que Joana se orgulhasse de mim, e gastasse todo o meu dinheiro. Mas o que aconteceu?

Por que São Paulo? Agora, às quatro horas da manhã? Vou repetir: gozei dentro dela, ia morar no Rio de Janeiro. Ela disse que sim, tenho certeza. Choramos. Vivemos um caso de amor como se eu fosse Vinicius de

Moraes e ela Hilda Hilst, eu o quarentão e ela a mulherzinha da história. Não foi assim?

Claro, foi isso mesmo.

Ou será que alguém costurou minha foto na boca de um sapo e o enterrou no túmulo do Vicente Celestino? São quatro e dez da manhã e eu não consigo dormir. O nome dela é Joana. Eu devia dizer que chama Natércia a mulher que levou meu coração... mas não vou fazer isso porque sou um fraco e continuo apaixonado, apesar de mim... apesar do francês com nome de vinho tinto que ela arrumou na semana seguinte. Não vou dizer que se chama Natércia porque ela foi honesta comigo: depois do pé na bunda, ligou a cobrar para minha casa e disse que me "amava" e que estava "ficando" com o tal francês idiota e que... se dependesse dela (e não da maldita tesão), largaria o *forestier* para morrer ao meu lado.

O problema era a maldita tesão. O problema era ter que ouvir essas aberrações a cobrar porque *quem a amava* era eu. Não entendo o que se passou, sinceramente. Mas posso falar a respeito. Agora tenho autoridade.

Já que o critério é esse, quer dizer, sofrer feito um chimpanzé, identificar-se com todas as músicas da FM, desde Zezé di Camargo e Luciano, passando pelo xarope do Nando Reis até chegar a Caetano & Morris Albert... bem, se Joana me ama e a inhaca vai rimar de qualquer jeito, eu posso dizer que sei do que se trata.

Confesso que vivi. Eu, Pablo Neruda, Adelaide Carraro e todos os que dizem a mesma coisa: "te amo".

Enfim. Depois de ter cometido um "eu te amo" pela primeira vez na vida, fica muito difícil voltar a Primo Levi, quase impossível reler Cioran... depois de ter exercido a consciência amorosa da babaquice, o sujeito torna-se efetivamente um babaca. Vai para a sarjeta, chafurda.

* * *

Ontem à noite sonhei com Joana rindo da minha cara... ela trepava com o tal francês com nome de vinho tinto e fugia — linda, biscate — dos beijos de língua, ao mesmo tempo que caprichava no melhor sexo oral da praça, como se fosse uma profissional: a mesma que me prometera uma vida de tevê por assinatura e filhos devidamente matriculados na escolinha mais perto de casa, a mesma mulher que eu perdi porque a tesão matou o amor. Se eu fosse ela, cobrava.

Taí. O que se segue é um grude que tende a descambar em vingança, ódio e desilusão. Não quero boleros deslavados... nem Lupicínio, nem Vinicius de Moraes.

Não, não quero isso. Não tenho paciência nem grandeza para tanto. E ela também não merece.

O que me sobrou, aqui na sarjeta, foi parte da minha memória. Vou, portanto, citar um trecho de "Sete noites". Jorge Luis Borges — que falava em "alephs" porque nunca chupou um xibiuzinho — discorria sobre Schopenhauer e Buda. Tanto Sidharta (ou Buda, dá na mesma) como o sombrio filósofo acreditavam que o mundo era sonho e que seria muito bom se, de vez em quando, deixássemos de sonhá-lo. Buda tinha uma questão: o que é viver? Se simplificássemos a coisa — o que já é uma redundância nesse caso — chegaríamos mais ou menos aos termos que o próprio Buda chegou: "Viver é nascer, envelhecer, adoecer e morrer"... não obstante, ele acreditava que não era só isso. Tem mais. Um dia abandonaríamos nossas quitinetes de marfim (Sidharta abandonou a sua) e teríamos que necessariamente sofrer de outros males, dentre os quais um que ele, Buda, considerava dos mais patéticos: não estar com quem queremos. No alvo.

Um dado. Há três mil anos, Amado Batista vivia sua segunda reencarnação, no formato de um invertebrado curiosamente muito parecido com as letras de suas músicas de hoje em dia. Temos aí um prato cheio para o debate entre criacionistas e darwinistas. Prefiro ficar de fora, Joana me basta. Mas que a sabedoria de Buda faz um contraponto musical perfeito com as letras do Amado Batista, ah... não há yin ou yang mais escancarado, não há paradoxo, nem Borges que removam essa pulga inequívoca atrás da minha orelha. Bem, eu dizia: ou o sujeito enche a cara, ou entra prum mosteiro. Ou faz o que eu faço: enche a cara, escreve um livro e pede para ela voltar, mesmo sabendo que a mina é uma biscate e que vai lhe enfiar chifres, rir da sua cara iluminada de Buda. Mesmo sabendo que Joana não tem nenhuma tesão por você e que você é um trouxa incorrigível — que chora até com Caetano Veloso cantando "Feelings". Ah, Joana, te amo tanto.

Só quis emprenhá-la. Sinceramente, trocaria todos os meus livros para acompanhar o crescimento do ventre moreno de Joana, que me amou por uma noite apenas. O resultado é que às vezes sonho com uma menina. Ela tem os olhos iguais aos meus: tristes e amendoados. É Ritinha (ou a Indiazinha), minha filha. No sonho eu e Joana resolvemos que o olhar da indiazinha é igual ao meu. Então é o olhar, não os olhos. Um olhar triste e amendoado que pede — a cada novo sonho — para nascer outra vez. A menina quer a mãe. Joana desaparece. Eu e a menina não sabemos o que fazer. Temos apenas o olhar em comum, triste e amendoado.

Não que a menina tenha se perdido nos meus sonhos. A pílula do dia seguinte não teria esse poder... todavia a garota está cada vez mais triste, mais parecida comigo. É como se eu e a menina sonhássemos juntos. O mesmo sonho. A mesma desolação, os mesmos losangos da Ilha Porchat da minha infância e uma praia cinzenta no inverno.

Vou dizer uma coisa. Pensei que, sendo honesto comigo mesmo e não me poupando de escrever o que eu queria, iria, sei lá, me livrar de mim, ser feliz e ter a indiazinha comigo.

Mas não foi bem assim. Nunca estive tão atormentado, e o pior: perdi o encanto dos meus tempos suicidas. Perdi o alvo certo; nem errar no alvo certo consigo mais. Teve uma época em que era tudo ou nada. Agora nem isso. Antes eu optava pelo sacrifício, e renascia. Agora não dá.

Ah, minha filha... eu tentei. Se eu dissesse que foi difícil chegar até aqui e que eu não sabia o que fazer no aeroporto e que o dinheiro que ganhei escrevendo sobre as miudezas dos outros me fez andar para lá e para cá feito um zumbi a sua procura... ah, se eu dissesse que tentei achá-la no ventre das putas sinceras e que você nunca passou de um sonho meu, ah, se eu dissesse um monte de coisas... estaria apenas e tão-somente "sonhando com você" outra vez. Não quero isso. Nem para você, nem para mim.

A única coisa que me deixou feliz ao longo desse percurso — desculpe, filha, mas vou ter que repetir — foi ter comido uma empadinha de palmito no aeroporto do Galeão. Ah, minha querida...

Desdenhei os meus demônios e dei uma banana para a transcendência... se eu repetisse tudo o que minha má consciência e o maldito fluxo querem me dizer, se eu confiasse cegamente em mim — juro! — teríamos nos encontrado.

E se eu dissesse que foi exatamente isso o que eu fiz? E que perdi você e que não adiantou nada? Nem sei se sonhamos o mesmo sonho.

O que eu poderia ter feito? Voltei para São Paulo. Sou um cara triste e solitário às cinco horas da manhã, é o que diz o relógio do Itaú na Paulista. E você, indiazinha, cadê você?

Resolvi que daqui a pouco... ao amanhecer, será o meu dia dos pais. Sabe, minha filha, seria muito fácil se eu dissesse que me apaixonei (outra vez...) pela mulher errada e que ela, Joana, não tinha nada a ver com a mãe que você procurava. Mas não quero insistir nesse ponto. Se eu insistisse novamente estaria cometendo o mesmo erro de sempre: estaria apenas acertando as contas. Minhas contas. Chega!

Não quero mais acertar contas. Sei mais ou menos quem sou, e que você existe e depende de mim, em algum lugar. Sonhamos o mesmo sonho, sim. Ou ainda: nosso desencontro é idêntico, seja aqui olhando para o relógio na Paulista que me diz que são 5h50, seja aí no Largo do Machado onde você foi concebida, seja em Copacabana, onde sua mãe dorme apesar da lua cheia e dos abortos que cometeu; tanto faz, minha querida, eu quero dizer que as circunstâncias do desencontro não importam, ou melhor, não passam de evidências de que eu e você, minha indiazinha, chegamos — outra vez — ao lugar errado.

A falta

Amanheceu. A falta que Joana me faz é maior que meu abandono. Uma lástima que ela não saiba o tamanho da dor que inventou para mim: se soubesse talvez se curasse de si mesma e fizesse par a essa falta que também é maior que ela... quero dizer que a dor começa a entupir o esôfago e se espalha gordurenta pelas vias públicas, faz o sujeito (porque não sou mais eu) escrever letras de músicas antigas, atravessar ruas às cegas e tropeçar no vazio diante de um si mesmo que gira em falso sobre um eixo de coisa nenhuma e desfazimentos generalizados... ah, se Joana soubesse da mutilação e do mal, e da falta que me faz... talvez até pudesse sentir-se culpada e reconhecer que é uma biscate (linda, linda) e talvez chegasse a ter consciência da própria crueldade e da manipulação iníquas que só fazem voltar-se contra ela mesma, senhora desse maldito carrossel de desfazimentos... ah, se ela soubesse a falta que me faz, tomaria esses "dados" como um manual de sobrevivência... e, a partir daí, não teria outra alternativa senão fazer o que eu faço agora que o dia amanhece: sofrer pelo amor que subtraiu de si mesma; ainda assim, não sentiria a falta que me faz... essa que é física e que ocupa indiscriminadamente desde minhas prosaicas vias respiratórias até o nome dos viadutos mais cinzentos da marginal do Tietê, a falta que aproxima, diminui e faz iguais os lugares nenhuns, essa que pega o sujeito chorando no metrô e é a causa das suas broxadas, não tem explicação e surpreende a amada na outra plataforma para perdê-la em seguida, e o faz (o tal sujeito...) definhar dentro do próprio alheamento e o faz refém dos lugares-comuns mais detestáveis ao amanhecer, a cada dia sem ela, ah, se Joana chegasse aqui e agora, nesse minuto — repito — não ia ser maior que o vazio que me consome: ia ser nada diante do pasmo que ocupa todos os logradouros, aortas, praças, safenas e supermercados que deixei — deixaram — de existir em função da falta que ela me faz... penso que ela pode organizar chazinhos de panela para as amigas biscates e chupar o pau de todos os travestis da Lapa, tripudiar da própria porralouquice e voar sobre os assassinatos, ela pode enlouquecer de tesão um europeu ou uma figueira centenária um fiscal do imposto de renda um cisne ou um índio pataxó e pode trepar com todos eles e ser currada por todos eles ao mesmo tempo, mas não vai ser preenchida pela falta que me derruba e faz de todas as minhas pragas uma inutilidade e uma prece igualmente inútil que pede para ela voltar; ela pode cometer quantos abortos quiser e tentar se vingar do suicídio da mãe nas paredes do próprio útero, e pode ser perfurada pelo vazio da solidão e chupar a pica do pai do mesmo jeito que foge dos beijos em espirais (como se ela mesma fosse um ralo de ressaca), mas dessa falta, da minha falta, ela jamais vai sofrer, nem mesmo se levar um pé igual ao pé na bunda que me deu, da minha falta, desse tamanho e aqui dentro do peito, da falta que ela me faz, não vai saber nada, nunca, jamais.

Só eu sei o peso dessa falta e o preço que pago por estar aqui, escrevendo este maldito livro a contragosto. Não é o caso de enumerar minhas outras desgraças e reiterar minha contrariedade, falar do enorme prejuízo que eu tenho pelo fato de não estar fazendo coisa melhor. Isso é redundante, pelo menos no meu caso: não mais acredito nos "artifícios" que em tese, e na medida da "ficção", reproduzem minhas desgraças como se fossem literatura, arte, essas inhacas de quem não enxerga um palmo diante do nariz e que, no final das contas, se prestam apenas ao regozijo alheio. Sou mais egoísta que a eternidade, e peço minhas contas do mundo idealizado e no mundo vivido. Me fodi. Também não sou do tipo que faz esclarecimentos. Azar de quem não me entendeu. Me fodi e ponto final.

Azar o meu também? Ou sorte... que, agora, depois de ter perdido Joana, e de ter jogado fora o que eu tinha de melhor, não cheguei a lugar algum?

Sei lá. Só sei de uma coisa: a falta é maior.

E esse fracasso pessoal, de alguma maneira, me faz ajambrar qualquer coisa que somente me diz respeito, e que me trouxe a esse lugar nenhum-Joana maior que minha compreensão. A falta é o único dado que "exerço" ou é aquilo que sobrou desse escombro chamado literatura, do qual me alimento e me enveneno em seguida. Tem a liberdade...

Não posso me esquecer da maldita liberdade. Foi por essa liberdade que aniquilei todas as minhas possibilidades de ser feliz, foi pela liberdade (e só depois pela falta) que envelheci antes do tempo, e foi por causa dessa merda de liberdade que cheguei aqui, profundamente contrariado — a escrever outro grande livro que não me diz respeito.

Daí que as perdas são inumeráveis... e por conta da liberdade adquirida e de todos os "dados que contém a maldição", eu, evidentemente, tinha que ter uma contrapartida: o orgulho. Sim, o orgulho e a vaidade de poder assinar meu próprio atestado de óbito, e de compreender a grandeza de toda essa maldição... e, de certa forma, usá-la como instrumento de repulsa e combate, matar e ser morto. Ou ainda: se não tive escolha diferente ou se tenho que me foder e ser usado por todos os lugares-comuns, ao menos posso estufar o peito e gritar: musas, instintos, deus e o Diabo, eu me arrebento e transformo a vida em arte... mas não estou nem aí para essa arte, trocaria meu gênio pela indiazinha lambuzada de Chicabon... ainda que pesem o arrependimento e a escolha errada, eu não titubearia nem um instante em reiterar essa escolha, que fique registrado.

Outra coisa. Aprendi a reconhecer as armas com as quais Joana me amou e acabou comigo — isso não quer dizer que a entendi ou que vou me curar do pé na bunda, de jeito nenhum.

Joana enfiou-me a faca e fez um bom serviço. Me riscou do mapa. Isso é uma qualidade dela. Mas tem um porém: só admito ser riscado do mapa uma única vez. O fato de pedir para ela voltar não quer dizer que capitulei, mas que ainda a amo, e penso que sou outro. Mesmo porque ela não cometeria uma injustiça pela metade... Joana não é do tipo que pede arrego, não é do tipo que vai se pôr no meu lugar, a princípio porque é egoísta e, depois, porque o lugar é meu, não é dela; chupadora de picas, linda, enfeitiçada. Quero crer que não. Se ela voltar atrás, vou me arrepender.

Imagino que ela vá se foder na minha mão. Somente eu sei o quanto tive que me arrebentar para confrontar esse lugar que é meu com aquilo em que me transformei: um cara sozinho, amargurado e, infelizmente (eu não aprendo...), crédulo em relação à fúria e ao amor dos meus carrascos. São oito horas da manhã e eu ainda não dormi, não tenho Joana. Sou sádico quando devia ser masoquista. E masoquista quando devia ser sádico.

Não estou querendo cobrar grandeza de ninguém, não é isso. O problema é a pequenez administrada. Isso eu não admito, nem fodendo! Malgrado o infortúnio de desfrutar da liberdade, tenho um orgulho filho-da-puta e uma razão obstinada que pedem a calamidade na mesma proporção da entrega: o sacrifício compartilhado. Para tanto, peço o seguinte a Joana: me dê outra chance, volte, mas não me poupe. Não vou ser compassivo porque o amor é o pior conselheiro. Vou amar Joana até o fim. Sou capaz de amá-la como quem ama o pior algoz... como quem apunhala o pior inimigo... como se "fizesse o serviço" por ela, até o fim.

É esse o preço que pago — repito mil vezes — por estar aqui, escrevendo esse livro. A inhaca é minha. Não existe um termo nem uma medida do sacrifício... e, a despeito da falta que ela me faz, a única aproximação viável ou o único ponto de partida e chegada são meus, e ninguém, nem Joana, conseguiria reverter esse quadro, voltar atrás. A obrigação é minha.

Não adianta dissimular, ajambrar pretextos para — digamos — a partir do amor chegar ao ódio. Também não adianta eleger afinidades a fim de evitar o confronto... eu fui riscado do mapa de Joana... o que posso fazer é gritar àquilo que me falta (que morreu antes de existir).

Aqui, portanto, não vai nenhuma tentativa de me redimir ao projetar uma garotinha que tem o olhar triste e embaciado como o meu e que não existe... Isso é apenas mais um sintoma da falta que você, Joana, me faz: aqui e agora, quando imagino seus belos e tristes olhos amendoados... que são os meus olhos e os da menina diante de alumbramentos impossíveis, mortos e matados antes de existir... e assim, Joana, de uma crise de choro a outra, tento, e não consigo, repudiar o milagre como se fosse maldição, como se nós não fôssemos exatamente iguais e desprezíveis; um assassino do outro, assim, um encaixado no outro, fodendo madrugada adentro, feito dois chimpanzés que se contradizem e encerram-se em si mesmos. Daí que de nada adiantará esse amor, e talvez você esteja certa: nosso amor demais sempre será insuficiente, e maior por causa disso.

Tenho que concordar, sou obrigado a concordar. A diferença é que você jamais entenderá a dimensão do verme e as prerrogativas do gigante que a comprometem, e seu orgulho — simples de "executar", feito a intenção de um aborto bem-sucedido — apenas pagará um tributo estéril ao germe... dessa forma, o que é grande a sufocará, e sua maldição será vivida e interrompida pela metade; eu, ao contrário, tenho a medida exata da minha grandeza e sei exatamente o que sou e o preço que pago por estar aqui: escrevendo esse livro a contragosto, exigindo de você o fruto que você jamais me dará porque você existe para cumprir minha falta... para ser a outra parte, metade de mim. O dia seguinte, morto.

A falta, ainda

Resolvi que não ia ser o vampiro de pelúcia de uma garota que não queria dar para mim. Ah, que tolice. É evidente que não consegui... não por causa de Joana, mas em virtude da minha própria vampirice latente, viva, à disposição dela.

Joana me ligava de madrugada e soluçava muito... dizia ter febre. Estava doente e participava da gravação de um vídeo. Do outro lado da linha eu ouvia gritinhos, o barulho de uma festa triste e gemidos lentos. Também me dizia que eu não devia tê-la abandonado, "ido". Que ia se matar: "volta, meu amor"... ou "para sempre é nunca mais"... coisas assim. Havia um sentimento trágico e encantador em seus telefonemas. Uma estratégia de morte. Um vício.

A madrugada toda. Eu desligava e ela tornava a ligar — cada vez mais louca e destoada. Daí que eu me entristecia por ela. Triste porque, além de ter incorporado as tragédias particulares de Joana, as coisas que ela me contava não me contando — a história do francês com nome de vinho tinto — eram escrotas mas divertidas, e Joana (eu calculava comigo mesmo) me ligava um pouco para acalmar sua porralouquice, desviar a atenção daquela festa-vídeo, e outro tanto para usufruir novamente do pé que deu na minha bunda: "fico mal por não ser sua mulher". Na verdade Joana era uma forte, filhadaputamente premeditada, encantadora e mortífera... e talvez não soubesse disso... ou se sabia não tinha o controle pleno sobre esse encanto. Vejam só. Era muito comum nesses telefonemas uma voz que pedia por ela, a solicitava em meio a vapores, e dava ordens: "Bebe, Joana. Depois a gente conversa com a morta e vê o que ela acha..." no entanto ela não obedecia à voz... ou respondia às solicitações com vagueza e descompromisso, ao mesmo tempo em que chorava ao telefone, e me dizia que estava muito só — enfim, que me amava. Talvez Joana tivesse uma vaga desconfiança da ponte que construía entre os abismos tolos que sobrevoava e a falta que me fazia. Ainda não sei. O que — até hoje... — trago comigo é uma premência que se arrasta pelas madrugadas, a falta efetiva. O não entendimento.

Então eu me entristecia porque caía nas arapucas que ela armava para ela mesma: Joana e eu operávamos na mesma sintonia... Usávamos os mesmos métodos e eu, enfim, poderia apontar uma infinidade de coincidências que só fariam aumentar minha angústia e perplexidade diante do nosso abandono... mas não quero isso: já me bastam as madrugadas arrastadas e a falta que ela me faz. Não posso fazer mais nada nem por mim, nem por ela.

Do outro lado da linha, um Rio de Janeiro de festas tristes e gemidos lentos. Quase paralisado. Aqui em São Paulo, as madrugadas que se seguiam...

Era como se eu tivesse que sofrer a vertigem da realidade e me recusasse a acreditar no inusitado de um encontro que não deu certo... Uma situação delicada, em primeiro lugar, porque eu sofria de uma vertigem incompleta, aos trancos e vaivéns, e, depois, porque sofria a dor do desencontro a partir do entupimento do meu esôfago até a boca do estômago: tinha que me haver com minha idealização e com um ponto final que me fugia — e que voltava em seguida por conta dos pesadelos, da falta de ar e dos telefonemas de Joana madrugada adentro.

Sonhava com Joana e ela — de madrugada, ao telefone — queria saber a cor do vestido que usava em meus sonhos. Eu não sabia dizer. Ou sabia apenas que o *sonho* era vermelho. Joana flutuava sobre uma plataforma vermelha — e era feliz. Isso acontecia nos meus sonhos. E se repetia nos telefonemas. O que me incomodava mesmo era o fato de acordar durante a madrugada e me lembrar dela em vez de ter sede, necessidade de urinar e essas coisas que acontecem quando levantamos de madrugada — tanto faz se depois de um pesadelo ou de um telefonema. Quero dizer o seguinte: se fosse sonho, eu sonharia. O problema é que era uma festa triste no Rio de Janeiro e eu tinha Joana ao meu lado. Os melhores momentos tornaram-se as piores lembranças. Até hoje ela está ao meu lado... e faz falta, muita falta. Penso que nem a idealização de um itinerário amoroso, nem a repetição desde o primeiro email — "aqui vai minha bundinha" — passo a passo até o pé na bunda no restaurante árabe... penso que nada disso seria suficiente... nem que ela chegasse — ela nunca chegará, repito nesse instante (outra vez, outra vez) — sua presença seria maior do que a falta que me faz. Não é o caso, portanto, de dizer que a perdi, mas o contrário! Tenho Joana, a suplicar: "Não me pergunte por quê, eu te amo."

Nada preencheria ou preencherá a falta. Nem mesmo o vazio, nem que um zoológico de chimpanzés trepasse em meu desagravo, nada preencherá a falta nem as explicações e as não-explicações, nada tem nenhuma importância... porque a tenho mais do que nunca ao meu lado.

Ela não foi. Eu diria que Joana é mais do que um heterônimo meu — ela existe porque é ao mesmo tempo meu duplo trapaceiro e a falta em si.

Cada vez mais perto, e a contragosto.

O pé na bunda, os beijos fugidos em espirais e o Cristo estrangulado por nuvens de magnésia bisurada. Gemidos lentos, a festa triste: ela não foi, tudo isso era Joana e as madrugadas...

— Tenho amor por você... não é o bastante?

— Que horas são, Joana?

— Te amo.

— Eu também.

— Por que então...

— Não pergunte nada, meu amor.

— Nunca mais?

— Não, nunca.

— São três e quarenta. Seu vestido era vermelho no meu sonho. Acho que era.

— Eu sabia que podia contar com você.

— Quero te comer outra vez...

— Não fala assim.

— Por que não?

— Tá uma merda isso aqui. A diretora é uma louca... sapatão.

— Vai ver que a culpa é sua.

— Outro dia ela me pediu um beijo.

— E daí?

— Foi bom, mas ficou nisso.

— Sei, sei. Eu devia ter enchido você de porrada. Você queria apanhar, né?

— O quê?

— Você queria apanhar. Queria o demente dos livros... o cara que queima a bunda das minas com bitucas de cigarro e vai embora no dia seguinte sem pagar a conta. Aí chego eu todo carinhoso, chupo seus peitinhos e invisto no papai-e-mamãe... e você resolve me dar um pé na bunda. Foi isso, né?

— Foi lindo... o jeito como você me amou.

— O que aconteceu?

— Vou gravar. A gente se fala depois. Te amo.

Algumas conjecturas. Eu planejava um reencontro. Queria olhar nos olhos dela outra vez. Queria acertar os ponteiros. Se por um lado, e de acordo com as maluquices dela, eu tinha que respeitar a tesão que ela *não* sentia por mim, por outro lado, e seguindo a mesma lógica, ela também teria que respeitar a tesão que eu sentia por ela. Um vice-versa honesto — é o mínimo que eu poderia exigir dessa porra louca que me ligava de madrugada para dizer que me amava e que nunca mais ia dar para mim.

Minha alma em troca do sexo de Joana, ou nada feito. Procurei ser cínico ao fazer essa proposta e escroto, muito escroto, para que ela desistisse de tudo e pudéssemos, a partir da cor estabelecida para meus — nossos — sonhos, o vermelho, dar por encerrado o amor que sentíamos um pelo outro. Ela aceitou.

Isso não podia dar certo. Na prática, não. Inviável sob todos os aspectos. Se ela me quisesse como seu vampiro de pelúcia ou quisesse ser "minha amiga", que não me procurasse, uma vez que o sofrimento faria a tesão dela virar qualquer coisa. Eu não dava a menor bola, tanto fazia se virasse ódio, frustração, tesão por uma sapatona ou uma fotografia no porta-retrato, tanto fazia porque ela não queria dar para mim e me amava — que amasse o Dalai Lama.

Amizade por amizade, tenho meus amigos e são meus amigos exatamente porque eles não trepam comigo. Eu quis tornar as coisas mais difíceis para ela. Tive essa pretensão. Segundo meus cálculos, dentro de pouco tempo Joana ofereceria seu sexo em troca da minha alma... nesse dia, eu seria mais cafajeste do que ela foi comigo. Isto é: a usaria e em seguida a dispensaria, dizendo que não poderíamos repetir aquilo outra vez porque, afinal de contas, *nós nos amávamos*. E isso era pouco, muito pouco diante do amor que eu sinto — sentia — por ela e da tesão que ela não sentia por mim. Maldita tesão. Maldito amor.

Queria ser duro com Joana ao telefone. Conjeturava, organizava meus pensamentos e fechava um cerco improvável a partir de um pé que levei na bunda e que jamais teria volta. Só podia dar em nada. Se consegui manter o tom solene, foi até sua primeira crise ao telefone... Não agüentei e desandei a chorar junto. Foi muito bonito, aliás. O intrigante é que meu pau começou a ficar duro. Falei isso para ela:

— Acho que vou tocar uma punheta para você, meu amor.

Que se fodesse a tesão que ela não tinha por mim. Eu tinha de sobra por ela... E havia mesmo perdido todos os meus argumentos e minha engenharia. Gozei um caldo grosso e lhe perguntei se, por acaso, não era isso que lhe faltava.

— Por acaso essa porra quente não é sua, Joana?

Ela soluçava e sorria do outro lado da linha. O clima tenso de fim de caso e rompimento trágico deu lugar a uma espécie de jogo de sedução de castrados. Joana queria ouvir Roberto Carlos a meu lado. Claro que sim, eu pediria um café-da-manhã para nós dois. Imediatamente, por conta do café na cama toquei mais uma punheta circular para ela. Tudo em Joana era assim.

A tesão a gente inventa, assegurei. Ela me disse para parar de falar besteira. E começou a chorar novamente. Contou da briga que teve com a irmã e do filme que estava fazendo. O resultado a desagradava e no dia seguinte teria que acordar cedo para ir à faculdade... Havia cheirado muito pó na noite anterior e começara um caso "óbvio demais" com o professor de cinema.

— Não me fale dos seus casos.

— Nem dos óbvios demais?

— Principalmente esses, Joana.

Ela se divertia do outro lado da linha e prometeu restringir-se ao pai.

— Tudo bem. Se for com seu pai, pode falar.

Tudo bem mesmo. Uma situação óbvia demais que, na pior das hipóteses, me renderia subsídios para diminuir Joana — eu precisava disso... — Afinal de contas, ela sentia-se mal por viver à custa de seu grande amor, o pai. Mais óbvio e ululante, impossível.

Ou por outra: o que eu chamo de falta de talento para o mau-caratismo somado à pele macia de Joana e à lembrança de sua bucetinha mijada à la carte, me enlouquecia. Queria ser enganado, faria qualquer coisa — até incensar o amor dela com o pai — para tê-la ao meu lado, confiante e diminuída, como se isso fosse possível...

Joana apenas fez confirmar seu mau-caráter e cumpriu mais uma etapa do seu roteirozinho de biscate encantadora: me pediu mil reais emprestados.

— Faço o depósito amanhã, meu amor.

Ai, tesão. Nunca pensei que fazer o papel de trouxa ia me dar tanto prazer.

— Mas eu te pago, viu.

Bingo!

— Não se preocupe...

— Estou sozinha, triste.

— Eu também, Joana.

— Fica comigo para sempre?

— Para sempre, meu amor.

Inferno.

Eu gostaria de encerrar a questão nas loucurinhas, biscatices e vaivéns de Joana

Seria mais fácil relevar a porralouquice dela e deixar pra lá. Esquecê-la, enfim. Mas não consigo. Em se tratando de Joana, o esquecimento não basta.

Ou ainda: a questão não se encerra de antemão. O problema é outro. Creio que por trás da porralouquice, existe uma má-fé insuspeitada: algo que vem antes, como se fosse uma razão que explica a biscate que ela é. Que tende à manipulação e à crueldade. Joana — aqui vai meu palpite — se vinga da mãe suicida e de um suicídio (falo do vazio e não do ato) que diabolicamente lhe diz respeito... e é daí que irrompe seu maior paradoxo. O mesmo movimento que a enterra a ressuscita dessa barafunda. E mais: o combustível desse ioiô é o sexo suicidado (e inviável) da mãe, ou seja, sua maior força é ao mesmo tempo seu pior abandono... como se a crueldade pudesse ser amorosa e desapegada.

Vou tentar explicar. Uma crise de choro — coisa de cinco minutos — é capaz de apagar de sua memória todas as trepadas e abortos cometidos no dia anterior, bem como é capaz de despertá-la para uma improvável "porção de calabresa, garçom, e dois chopes", assim de supetão, como se tomar a pílula do dia seguinte correspondesse a outra rodada estupidamente gelada... e à ressaca do outro dia: evidentemente morto na véspera, triste e cheio de charme num Rio de Janeiro que não mais existe. Sob esse aspecto, tenho que admitir, Joana é imbatível, linda e divertidíssima. Ela sabe se desvencilhar dos outros e do próprio sexo como se fossem porções de queijo à milanesa, coraçõezinhos acebolados, penduras de boteco. O problema é que Joana é obrigada a consumir e repetir o pedido (ou suicidar-se, tanto faz) várias vezes... e nesse diapasão não pode contar consigo, nem com o garçom gente boa e muito menos com a mãe — que se matou (ou vingou-se de si mesma... vá lá) uma única vez. O que sobra à Joana são os métodos e as escolhas, às vezes terminais, às vezes encantadoras. Só isso... quer dizer, se o corpo agüentar o peso inopinado de sua alma. Que viceja tristemente no pasto do diabo.

— Um defeito na arcada dentária inferior, uma graça.

Daí que Joana não é apenas uma colecionadora de machos e fêmeas. Essa categoria pressupõe a sobreposição de carne sobre carne abatida e, por extensão, uma açougueira competente para dispor uma alma sobre a outra, ou seja, para "organizar o charque". Aí é que Joana se fode outra vez. Ela se inclui no charque, portanto coleciona a si mesma. Isto é, na base do desapego amoroso, Joana entrega despudoradamente ao inimigo (ou amante de ocasião, tanto faz) o que sobrou de sua humanidade junto aos seus truques de fêmea interesseira: uma mistura improvável e incendiária e na qual eu caí e cairia em qualquer tempo e lugar, feito um pato enfeitiçado. Amo essa mulher.

Para usar outro clichê, eu diria que ela é filha da vertigem, e ninguém cabe dentro do abismo que ajambrou para si mesma. Suspeito que somente meu abismo poderia me salvar do abismo de Joana. O que me falta é minha própria queda. O que tenho é a falta que ela me faz.

Hoje de tarde, por exemplo. Aconteceu de eu ligar para a casa de Joana ao mesmo tempo em que o celular dela tocava. Ouvi parte da conversa: ela dizia para um tal de Caco ligar dentro de cinco minutos — e mandou um beijo para ele. O mesmo beijo rouco e adormecido que mandaria para mim logo em seguida.

Fiquei com pena desse Caco, mas entendi que era bobagem minha. Ninguém — nenhum trouxa nesse mundo — se entregaria à vertigem e à queda de Joana do jeito que eu me entreguei. Ninguém acreditaria nela como eu acreditei, nem sentiria a falta que sinto, ainda hoje, depois de todas as evidências de pêsames, do pé que ela deu na minha bunda e, sobretudo, depois do dinheiro que depositei em sua conta; ninguém, enfim, conseguiria ser tão trouxa e apaixonado quanto eu fui, sou e serei...

— Para sempre?

— Sim, meu amor, para sempre.

* * *

Ela ainda liga — depois de tudo... — e diz que o francês com nome de vinho tinto sumiu e depois apareceu, e que trepa legal com ela (mas se dependesse dela, o trocaria por mim); reclama da obsessão adquirida simultaneamente pela figura da mãe suicida e da "morte óbvia demais"... diz que ligou porque está estreando o sofá novo e que não é, de jeito nenhum, a escrota que eu sei que ela é... acende um cigarro do outro lado da linha e eu fico perplexo de tesão (esse mesmo cigarro que a alivia e faz dela uma garota supostamente diferente); diz que o francês não conta e que está sozinha, não tem nenhuma tesão por mim, e eu digo outra vez que a gente inventa e vai buscar em algum lugar o diabo da tesão. Ela não me quer, sabe que eu acordo de madrugada tremendo de susto e que choro por causa dela, então tripudia: diz que vem me visitar desde que eu pague a passagem de avião e deposite outros mil reais em sua conta, eu digo que ela beija como uma puta e ela concorda, diz que sim e vai além, diz que foi o pai quem a ensinou a beijar daquela maneira, e me pergunta qual a relação que eu tenho com a morte, quero saber se ela se refere à morte morrida, a minha, ou à morte dos outros, a matada, e digo a ela que morri quando me prometeu uma vida de filhos e almôndegas... ela desconversa porque sabe que é uma idealização besta da minha parte e que o jogo é outro, mas nega o jogo e se trai — por um breve instante, e é por isso que sobrevivi e estou aqui, acho que sim — quando diz que *não me ama* — e logo em seguida conta da visita de dois amigos que quebraram vidraças de seu apartamento novo, que outra vez lhe falta a mãe, e eu, do outro lado da linha, digo que emagreci seis quilos e que nunca mais, depois da nossa trepada, consegui endurecer o pau com outra mulher... a confusão faz com que Joana mude a respiração... engate uma segunda e esqueça da mãe, e também faz com que eu me lembre do olhar triste da indiazinha não nascida e, a partir daí, tenho a convicção de que faltou violência da minha parte, que eu devia ter enchido Joana de porrada e a queimado com as mesmas bitucas dos meus livros, ela diz que não — parece adivinhar meu pensamento — e reafirma novamente que não bateu tesão, pede para eu não insistir nesse assunto, já é a terceira vez que insisto: "como não?... e as cinco trepadas daquela noite?". Ela diz "pela última vez" que aquela noite não teve importância nenhuma e que me ama; eu não faço nenhum comentário porque sei que Joana traiu-se novamente (quero que seja assim), então a conversa gira sobre o mesmo eixo (não necessariamente em falso) e ela acende outro cigarro, e outra vez eu insisto e não entendo e sei que ela diz a verdade e sei que ela mente e decido depositar o dinheiro da passagem em sua conta.

Amo Joana.

* * *

O interesse dela é tão deslavado — e eu facilito as coisas, abro as portas com tamanha sofreguidão — que, às vezes, devido à cegueira que me impus, acredito piamente nos humores de Joana, acredito nisso, ela retribui à minha porta aberta, age e pede e dá como se fosse uma puta distraída, ou ainda, como se não estivesse obtendo e/ou planejando alguma vantagem que evidentemente acabaria por destruí-la. A questão é que a gente se enganou (eu me arrebento de amor) e, depois de tanto tempo e apesar de tudo, conseguimos manter a noite de chimpanzés sem mágoas.

Sem mágoas! Onde devia estar o ódio se impõe um sentimento de ternura mútua. O usufruto da alma é mesmo uma obscenidade... e, nesse intercâmbio doentio, onde trocamos a carne pela alma, somos atores profissionais. Vira-latas. Ela foge do beijo de língua como se fosse uma puta mas não é uma puta, porque a fuga é em espirais. Eu acredito em espirais! Como se o beijo fosse possível, ou como se, a essa altura, fosse possível eu ser apenas um trouxa. O que dói é o jogo limpo — de ambos os lados —, acho que é isso.

Óbvio que não sou o mesmo cara de antes

Ela me mudou. Para me livrar desse "antes" é que eu havia apostado todo meu ouro em Joana... era a minha única saída. Talvez eu tenha sido um mau jogador. Talvez nem se tratasse de um jogo, uma vez que continuo apostando todas as fichas no lugar errado. Talvez eu não tenha mudado: desde o começo procurei, da forma mais violenta e demente, o amor; talvez tenha acontecido de eu ter distraído a platéia, e de ter me distraído inutilmente. Tive o amor de Joana de um jeito tão intenso e corrosivo, que nem eu, nas minhas preces e orações, poderia ter imaginado os desdobramentos. Se mudei ou não, não interessa.

O certo é que a perdi. E agora não adianta reclamar a perda, nem pedir o amor dela de volta, isso tudo é o mesmo que ter esperança em algo que se consumou em si mesmo... e que me arrastou junto.

Posso dizer que jamais entenderei o que aconteceu e que tenho a perplexidade e o vazio, as expectativas frustradas e um pedido de socorro gravado em minha secretária eletrônica. Tenho um dia depois do outro sem Joana, e a vontade estúpida de esquecer isso tudo. Hoje sou um cara solitário que acumula uma perda — antes era somente minha solidão. Antes, na medida da inverossimilhança, eu me entendia comigo mesmo.

A indiferença e a distância que o tempo traz — e que para ela foi resolvida no mesmo instante em que me deu um pé na bunda — me prometem um futuro em que, digamos, Joana será minha testemunha, como se eu tivesse um encontro marcado comigo mesmo para matar e morrer e, o pior, como se eu tivesse que me suicidar no lugar de Joana: pelo menos foi isso o que depreendi do último recado que ela deixou na minha secretária eletrônica.

Sou a favor da queda livre

Quase um cardeal do falecido João Paulo II. Não creio em preservativos. Todo sexo seguro é um truísmo que leva à morte. O amor — somente o amor, e não a "preservação"e seus derivados — pode servir de parâmetro para o tempo de sofrimento. Isso se tivermos em boa conta que o ódio nasce do amor e a espécie humana carece de compaixão, desvario e um bom forno de microondas para acompanhar o inchaço dos saquinhos de pipocas amanteigadas. Ademais, sou a favor da pena de morte para quem inventou a esfirra de frango e gostaria, sinceramente, que o Ed Motta nunca mais estragasse "Beatriz", a canção mais bonita da MPB. Quero pedir perdão a Deus... e quero pedir a Ele que dê uma dura nos meus inimigos antes de perdoá-los. Também queria ganhar um DVD e uma bonita viagem para Ituporanga, a terra da cebola, com direito ao amor de uma garçonete chamada Marilise, o sol do outono e uma pequena lembrança — será que é pedir demais? — do tempo em que eu era um garoto e os losangos do Ilha Porchat Clube me entorpeciam sob a perspectiva da garrafa de Pepsi-Cola, um negócio meio psicodélico e meio triste que nunca mais — apesar do Canal Brasil — tive a oportunidade de sentir devido ao meu ceticismo e à incapacidade de voar que adquiri ao longo do tempo, depois de tudo, depois de Joana.

Outra coisa. Agora que voltei a São Paulo, me pergunto: o que o Rio de Janeiro poderia ter feito por mim, sem ela? Por que estive tão sozinho naquela cidade — depois de ter amado Joana — e não tive mais nem um fiapo da tesão que a vida inteira só me fez levar até aquele encontro? Ou para quê?

O que eu busquei foi um espanto estéril, insosso... uma mistura de reconhecimento e perplexidade, papadas triplas e a imobilidade tão parecida com os blocos de prédios da Barata Ribeiro, em Copacabana?

Foi isso?

Não há espaço para cair? O que aconteceu comigo? Virei uma ex-estátua de banhas? Uma maçaroca de tudo o que me foi negado, daquilo que consegui somente porque tomei de assalto?

Não quero, aqui, além de dividir os assassinatos, dividir também o "rancor ou a verdade" com meus adversários que não merecem o desprezo que tenho por mim mesmo — eles são menores. Às mulheres que não me quiseram — repito — desejo a infelicidade plena. Às outras, que tiveram pagamento adiantado, desejo bons negócios e um feliz ano novo.

À Joana — mulher que me quis — a única coisa que posso dizer é que vou amá-la para sempre, apesar de mim e apesar dela, e ainda que seja tarde demais.

Rio de Janeiro, São Paulo

Penso na mentira (?) que Joana me contou e que, apesar de tudo, ainda hoje me convence... e não entendo como ela, antes de embarcar no táxi, conseguiu subtrair aquele abraço da nossa noite de chimpanzés como se fosse o mais bonito ou o último abraço... e não me avisou de nada... também não entendo por que estou aqui, sozinho, olhando a serra da Cantareira da minha quitinete, lamentando o amor perdido (ou a filha abortada)... e aí me ocorre todo esse vaivém que corresponde a uma mentira, mas que não é mentira porque dói... Então penso nos meus fogos. Que meus fogos não deveriam se prestar ao regozijo alheio e que deveriam ser apenas fogos — como se fossem mentiras —; como era antes, na época em que eu mesmo fritava no meu inferninho particular e escrevia apesar das recusas e do alheamento. Ou quando eu não estava nem aí e não imaginava que, um dia, poderia ter amado uma mulher do jeito que amei Joana.

Depois de ouvir a última mensagem de Joana, imaginei ela comigo aqui em São Paulo

Tenho certeza de que a putinha ia gostar das *fogazzas* gordurentas do Gianotti. Aqui, ela ia notar que meus olhos ficam esverdeados quando choro demais... e choraria comigo. Na livraria da Vila, descobriria um corrimento vaginal e amigos em comum, e se encarregaria de catar umas jabuticabas naquela jabuticabeira metida a besta... desde o começo ela e o Bortolotto se estranhariam e eu, é claro, tomaria partido do Bortolotto — Joana seria incapaz de reconhecer minha "amizade Thunderbird"... a partir daí a gente ia quebrar o pau pela primeira vez e, de certo modo, depois de quatro anos, eu inauguraria minha quitinete de marfim. Decerto ela acharia graça das xaropadas do meu pai e roubaria um cinzeiro na churrascaria da Martins Fontes.

Nas noites mais escuras, eu confiaria em Paulinho Picanha de Tharso e Jacques Brel para serem os cicerones dela. Dez gramas de cocaína e uma garrafa de Arak. Me ocorreriam a palavra "enlevo" e uma rede de proteção instalada no meu terraço para o caso de gatas enlevadas quererem levantar vôo sem autorização da torre... e assim eu e Joana atravessaríamos as noites sem outros sobressaltos que embaçassem nossa tristeza.

Mas ela não apareceu.

Na última mensagem, despediu-se dizendo que me amava e que, desde nosso encontro de chimpanzés até hoje, ou seja, até o último recado gravado na secretária eletrônica nove meses depois, dia após dia, sempre esteve ao meu lado: "A diferença é que não escrevi um livro, meu amor." Chorava muito, dizia ter nojo do próprio corpo e que era o fim para ela: "Não esqueça: te amo." De certo modo, e agora definitivamente, ela me deixava outra vez... e para mim, que escrevi músicas antigas e que sou outro cara por causa de Joana, foi demais. Foi demais para mim, que pedi para ela não me deixar, que pedi para ela dançar comigo, foi demais porque inventei palavras absurdas que somente ela e Jacques Brel poderiam compreender, para mim que chorei tanto e que me escondi aqui, e que pedi a ela para ser a sombra de sua sombra, *l'ombre de ta main, l'ombre de ton chien*, para mim, foi demais, mesmo assim não adiantou nada. Joana me deixou. Ouço Nina Simone, "My Funny Valentine".

Rio de Janeiro, uma semana depois do pé na bunda

Na semana seguinte à noite de chimpanzés, aluguei um apartamento no Leme. Para ficar sozinho, perto do mar. A primeira vez sem Joana. O primeiro dia em que ela esteve ao meu lado para sempre, igual ao dia seguinte... igual à amanhã depois de todo esse tempo. Ou seja, consegui tudo o que *não* queria: minha própria companhia, uma bela vista para o mar, ela e um maldito livro a ser escrito a contragosto.

* * *

Chorei muito, mais do que podia... pois eu não tinha a menor idéia de que havíamos, de fato, chegado ao fim... pedi a Joana — como se ela estivesse ao meu lado — para trazer de volta o amor que não soubemos inventar, desejei a ela que sofresse a falta que me fazia e que também chorasse de frente para o mar... sei lá, pelo degelo das calotas polares... nem que fosse por uma maldição, tanto faz, por qualquer besteira, porque o destino do pé na bunda dali para frente era mesmo virar lágrimas, mar encapelado e samba-canção... e eu, enfim, teria que me apropriar de todas as poesias e saveiros, e estaria condenado a antecipar os naufrágios dos dias seguintes e dos outros dias... como se fossem meus! A me condenar: pela falta de Joana ou por sua presença — dava no mesmo — consumida em mim até o fim.

Bem, eu podia ter respondido ao pedido de socorro dizendo que o golpe foi duro e que tentaria assimilar o fato de ela não mais querer trepar comigo. Ou podia ter respondido dizendo que *não*, que eu jamais conseguiria tê-la ao meu lado como a uma amiga — qualquer coisa, menos isso. De um jeito ou de outro, eu não precisava de uma trégua. Queria trepar com ela. Então procurei ser doce e escroto. Fazê-la a única responsável pela infelicidade de termos nos encontrado. Avisei que estava no Leme. Que havia alugado um apartamento. Mandei um email:

"Ontem chorei por sua causa. Se eu tiver fígado (porque meu coração está em frangalhos), te ligo."

Não sei bem se foi o termo "frangalhos" que usei. O importante é que eu queria que ela se sentisse a única responsável (e era afinal) pelo meu fígado, coração-bílis e por todos os meus órgãos vicente-celestinos em frangalhos. Fui um tolo, reconheço. Isso era mais ou menos o equivalente a colocar faixas em avenidas e anunciar meu amor estúpido em outdoors. Se fizessem algo parecido comigo, eu ignoraria. A não ser que Nelson Gonçalves mandasse um "Ébrio" no auto-falante... mas aí já é pedir demais.

De certo modo foi o que ela fez. Me ignorou. Tá certo que embarquei numa tesão mal ajambrada... resultado, em última análise, de uma combinação a dois. Tudo bem. Mas ela não precisava ter me prometido um corte conservador "passei a tarde inteira me depilando só para você". Ah, meu Deus! Joana não precisava ter se lambuzado de batom, antecipado o quarto de motel e tirado lá as fotos que tirou: "é aqui que vamos trepar a noite inteira, meu amor". Ela não precisava ter apelado ao sobrenatural, nem ter me garantido uma vida de filhos e Rio de Janeiro... e eu também não precisava ter acreditado nela, e não devia ter incluído edredons secando no varal ao sol de outono e a indiazinha, minha filha preferida, indo para a escola a contragosto, linda e parecida com a mãe. Nem eu, nem Joana.

Eu também podia ter esperado Joana se machucar com o email pós-pé-na-bunda que enviei, mas não consegui me controlar — claro que não. Passei a mão no telefone e quem atendeu, às 19 horas, foi uma voz de noite virada, recém-despertada da esbórnia, que disse: "Me liga amanhã, beijo."

Deve ter passado a noite chupando picas em espirais... daquele jeito "só para você, meu amor" que me chupou. Naturalmente bêbada de uísque e borrada de batom. O rabo ela só tinha dado "umas duas ou três vezes" — lembro que ela fez esse comentário entre a nossa segunda e terceira foda, e ainda me garantiu que "dar o cu era como cagar para dentro, embora não justifique a opção sexual de ninguém".

Garota inteligente, não foi à toa que me apaixonei: "nem se for na base do KY".

Um detalhe: não enfiei tudo no rabo de Joana e acho que fiz ou não fiz o que devia ter sido feito. Não consigo esquecer a noite de chimpanzés.

Todavia o que vou chamar aqui de desprendimento é o que me encantava — encanta — em Joana: ela sempre foi a mulherzinha da história, desde sempre "minha mulherzinha". Um doce de menina que me liga de madrugada a cobrar para dizer que ficou com um francês com nome de vinho tinto, a dona de casa com a qual eu sonhei minha vida inteira... portadora do vírus da Aids e das ancas de mamãe... e, sob esse aspecto, até mais tesuda e evangélica que dona Rosinha Matheus. Ai, ai.

Seria perfeito se eu não tivesse passado o dia chorando de frente para o mar... ela havia definitivamente estraçalhado meu coração de pierrô e agora eu teria que alterar meu fuso horário para recebê-la no apartamento do Leme... como se fosse um daqueles travestis — sim, ela trepava como travestis — ou crioulos da Lapa que comiam o cu dela até o talo, duas, três, milhares de vezes. Ou pior: a receberia como seu amiguinho. Joana me visitaria como se eu pudesse revirar meu estômago e revirar suas noites... como se eu, e não ela, não me importasse em matar o dia seguinte e, depois, conseguisse ir embora atrás de outra tesão despercebida... ou ainda mais: como se eu, e não ela, tivesse uma vida inteira a me esperar na outra esquina, dando bobeira. Vale dizer: como se eu tivesse 21 anos, e ela, todo o tempo que joguei fora ao longo dos meus quarenta.

Não entendo. O que ela quis dizer com o email de ontem à noite: "quero ficar para sempre com você, me liga"?

Sou um trouxa. Só pode ser assim. E ela sabe disso, e confia em mim — como o trouxa escancarado que devo ser. Quer ficar "para sempre" ao meu lado. Para ser sincero, espero que Joana não tenha se maltratado muito ontem à noite. Gosto demais dessa garota e não consigo mais controlar minhas lágrimas nem a bela vista que tenho para o mar do Leme; é tudo tão triste e difícil de entender. Ela queria pegar uma praia comigo? Ah, Deus. O que aconteceu?

Se eu pudesse, faria uma ressalva: esse "quero ficar para sempre com você" viria acompanhado de sexo oral em movimentos espiralados e mãos dadas, uma xoxota depilada em um V falsamente conservador e, sobretudo, distância dos travestis que a enrabaram. Ah, se eu pudesse... faria muitas ressalvas e a esqueceria. Mas não vai dar não. Ou ainda: se eu pudesse, guardaria uma distância prudente da traição consumada e do fim que não quero aceitar. Mas não dá.

O fato é que amo essa garota e sei que ela atravessa as noites chupando picas em espirais, se drogando e dando o cu para travestis. Me importa, dói como se o cu fosse meu. Se eu soubesse quais outros orifícios e arrebites que ela usa para virar as noites e para matar o dia seguinte, a amaria ainda mais — e sofreria no lugar dela, enquanto ela se divertiria e me esqueceria. Talvez esse "quero ficar para sempre com você" queira dizer "quero dar o cu para travestis e arregaçar minhas pregas porque você não pode estar aqui no meu lugar". Ou "quero matá-lo toda vez que você pensar em mim".

Não tenho dúvidas de que Joana (a biscate paradoxal) me ama como se eu fosse um peido da sua buceta mijada...e, aqui, faço uma confissão: para mim está ótimo e é mais do que eu necessito. A alma dela não seria tão preciosa.

* * *

A parte de Joana é minha parte. O assunto Joana me diz respeito, sobretudo atrás dos quiosques do Leme.

Ontem de madrugada, por exemplo. Toquei umas punhetas e chorei as pregas de Joana como se fossem minhas, os abortos e os porres, todas as ressacas e os dias seguintes assassinados, chorei toda a cocaína cheirada e os antidepressivos misturados a uísque porque a vida dela me diz respeito. Sobretudo atrás dos quiosques.

De pau duro e aos prantos, rompi o freio da minha glande para homenagear os estupros sugeridos e os efetivados pelo pai. Sim, uma maneira de vomitá-la como ela me vomitou. A partir daí a chamei para mais perto, chamei de meus os assassinatos dela, todos os orifícios de Joana me dizem respeito, eu e Joana estamos presos a um passado morto e a um futuro improvável, ela o vermelho e eu o negro, nosso casamento é perfeito: porque somente Joana e eu poderíamos chamar esse abandono pleno de amor.

A verdade, porém, é que meu amor não tem nenhuma chance de competir com a tesão violenta dessa menina de 21 anos. O mínimo que eu teria a fazer — se ela não tivesse me roubado a inverossimilhança — seria deixar que a tesão novamente matasse o amor. A ferramenta suja da qual disponho, portanto e em tese, é nada mais nada menos que o amor que sinto por ela. E que se dane o dia seguinte. Ou mais: se a tesão foi resolvida no quarto de hotel vagabundo, sobrou o amor que não pode — não aceito, de jeito nenhum! — virar amizade.

Quis ter Joana como mulher, por isso não usei camisinha e, pelo mesmo motivo, creio, ela matou esse mesmo amor com a pílula do dia seguinte. Ora, as coisas aconteceram por causa do maldito amor, não da maldita tesão! Minha condição é essa, não abro mão.

Então liguei para ela e disse que, se não fosse para trepar, que não viesse:

— Oi, Joana.

— Oi, querido (voz adormecida, linda).

— Abriu o email? (me arrependi imediatamente da pergunta idiota).

— Não vi, acabei de acordar de anteontem...

— Tô aqui no Leme. Aluguei um apartamento.

— Tem vídeo aí?

— Não... eu?!

— Vamos pegar uma praia? Almoçar? (segundo bocejo)

— Claro, claro que sim.

— Beijo.

— Joana!

— Ãhn...

— Anota meu endereço (...) te espero.

— Beijo, meu querido (final do bocejo anterior).

Cazzo! Ela me convidou para pegar uma praia, almoçar! Eu só tinha que fingir que não estava nem aí. O que era quase a mesma coisa que não estar nem aí... embora não me ajudasse nem um pouco a controlar as crises de choro... biscate, cocainômana, manipuladora, xibiuzinho delicioso... telefone filho-da-puta que nunca mais vai tocar. Almoço? Praia? Onde? Quando? Aqui no Leme, no meu apartamento, é claro!

Que ela viesse para trepar. Não me importava. Não me importava que ela me enganasse, inventasse mil desvios. Não ia passar um domingo inteiro batendo punhetas no Rio de Janeiro se não fosse para antecipar uma bela foda com a mulher da minha vida.

Aí liguei outra vez e disse para ela não vir. Disse que não viajei quarenta anos para satisfazer a fantasiazinha dela e depois ser jogado no lixo. Amizade o caralho! Disse que, pela primeira vez na minha vida, eu não estava usando ninguém para fazer um livro, e disse a ela que sabia exatamente quais eram as pretensõezinhas dela de escritora; disse que éramos feitos do mesmo material e que eu conhecia muito bem meu próprio veneno. Que não viesse me atormentar com minha imagem e semelhança. Seria pior se passássemos um dia encantado e depois de tudo tivéssemos uma foda empacada. Ela disse que queria meu amor:

— É o que tenho para lhe oferecer, Joana.

— Perdi seu endereço. No Leme, onde?

A amizade que ela me propôs novamente era uma humilhação para nós dois, acho que deixei isso bem claro. Joana me falou em leveza. Admitiu que havia me perdido — e que eu não tinha nada a ver com a perda! Repetiu várias vezes "para sempre" e "não me pergunte por quê". Em suma, eu não entendia mais nada. Pela última vez, insisti: falei que depois de ela ter me enviado a foto da bundinha, da xoxota num corte conservador, do peitinho no Dia dos Namorados e depois de todos os emails sacanas e, sobretudo, depois de ela ter me chamado à realidade e depois de a gente ter trepado feito dois chimpanzés a noite inteira, depois da história mais triste e mais perfeita e encaixada de todos os tempos e depois da mentira que contamos juntos e depois disso tudo, eu lhe falei que era impossível nosso caso terminar em amizade, jamais!

Apelei: ela não queria ser uma grande escritora? Se fosse somente pela amizade, que não viesse. Que não me procurasse se não fosse para repetir nossa noite de chimpanzés e os beijos gelados de cerveja na cama redonda de motel fuleiro, e que, se não fosse para repetir nosso passeio de mãos dadas pelo Largo do Machado às cinco e meia da manhã, depois de quase nos expulsarem do Lamas naquela noite antiga de uma semana atrás, que não viesse, eu lhe disse ou lhe pedi que não me sacaneasse e que se lembrasse do nosso abraço trêmulo melhor do que mil trepadas. "Lembrou?"

— Agora entra no táxi e me peça um último beijo antes de o carro partir.

...não, de jeito nenhum, uma história dessas não pode terminar em amizade, meu Deus!, me recuso a acreditar que Joana tenha apenas realizado a fantasia de trepar com seu escritor preferido e, depois de tudo, o amor tenha sido sacrificado pela tesão, não acredito e não admito, por que meu Deus?

— O que aconteceu, Joana?

Por isso liguei para ela e disse para não vir e depois disse que a esperava, que viesse de qualquer jeito, que eu a amava e até esse mico eu paguei; ela chorou de um lado da linha e eu do outro, e eu chorei mais ainda e lhe disse que eu era igualzinho a ela, e que se ela não viesse eu voltaria para São Paulo, e que ir embora seria melhor do que passar o dia inteiro juntos tentando ser amigos. "Amizade o caralho"... então ela quis saber se terminaríamos inimigos e eu lhe disse que isso também era pouco para nós dois, porque eu a amava — pela segunda vez disse "eu te amo, volta, fica comigo" e em seguida desliguei o telefone com a esperança de que Joana entrasse no próximo táxi e dentro de 15 minutos no máximo estaríamos novamente trepando feito dois chimpanzés, apesar das bostas de fantasias dela... somente porque nos amávamos e isso era mais do que suficiente, inferno.

Tesão. A distância e o amor que mantive... funcionariam? Ela viria? Não sei. Só posso dizer que eu havia alugado um apartamento no Leme, e esperava por aquela biscate como se fosse um flamingo macho empombado, fazia o jogo da sedução. Joana era o flamingo fêmea — a idéia, caipira porém alegre, me agradava, e logo pensei em calendários e folhinhas para 2005; março, segundo meus cálculos, seria o mês dos flamingos azuis: o mês do nascimento da indiazinha, minha primeira filha — a preferida. Aquela que iria de band-aid para a escola. Se tudo ocorresse de acordo com meus planos, a garota daria um chilique no primeiro dia de aula e eu, de prontidão, em fila dupla na frente do colégio, estaria lá para resgatá-la, faria qualquer coisa pela menina. Mas deu tudo errado.

Joana voltou a ligar e disse que me amava. Inventou uma mentira qualquer e não apareceu.

Ponte aérea

Não quero, aqui, ter dúvidas quanto a Capitu que escolhi. Um problema a menos. Eu não devia falar em decepção; e, de certa forma, sabia que ela não viria. Sei que Joana não me quer. Sei que Joana me quer.

A mim, sinceramente, já é demais o ziguezague, a montanha-russa. Ela me trai. Ela me ama. Ela quer ficar "para sempre" ao meu lado. Ela não pode falar mais nada, diz para eu não insistir, e tem uma linda cicatriz no baixo-ventre. Trepa mulheres casadas e avulsas. Velhos, mendigos e apaches. Adora crioulos e chega a ser irritantemente banal sob esse aspecto. Cloaca de Copacabana. Diaba, aidética. Traça ex-gordos peludos, românticos e letrados (minhas três categorias), trouxas e almas desavisadas de todos os feitios, calibres e arrebites. Vampira, sanguessuga, vidente, cocainômana. Sem camisinha, tesão. Louca varrida, filha-da-puta, canastrona, chantagista. Mulher da minha vida, xibiu.

Ela não me quer. Ela me quer.

Joana é meu choro incontido, um vexame engolido de dentro para dentro, a perda que não me larga porque tenho a mim mesmo, a página impossível de virar porque a próxima sou eu mesmo que vou escrever; portanto minha decisão correta de ir embora e de desejar que tudo se foda nada mais é do que uma "decisão correta", que apenas vai me sobrecarregar ainda mais, vai me fazer andar debaixo da chuva, encher a cara e cagar nas calças: não em vão, mas em dobro. Não sei mais o que fazer; Joana que chupe as picas por mim, se arrebente no meu lugar, faça o caminho inverso: que viva a vida que joguei fora e troque a realidade pela ficção. Ou vice-versa. Não sei mais o que é uma coisa nem outra. A carne não devia encontrar a alma, a beleza não devia ser tão triste quanto a solidão e a despedida — ainda que por quarenta anos esse tenha sido meu único desejo, a única história que eu não devia ter contado.

Ou seja, depois de uma semana no apartamento do Leme, não agüentei. Fui ouvir o "Samba do avião" ao contrário. Chovia no Rio, nuvens de magnésia bisurada estrangulavam o Redentor, e dentro de cinqüenta minutos o avião chegaria em São Paulo. Dali em diante, era a voz de Joana gravada em minha secretária eletrônica pedindo socorro: "para sempre, meu amor". Só isso — e "isso" era demais para mim.

Tive vontade de não entender por que chorei tanto, mas vendo as coisas assim, da janela do avião, me permiti o descontrole — e chorei ainda mais, apesar de Joana. Na verdade, eu sabia perfeitamente o que se passava. Dessa vez não se tratava apenas de ir embora e deixar as coisas para trás, mas de um amor que voava junto e que não tinha dado certo... partir era ficar e não podia ser de outro jeito. Acho mesmo que mereci os flamingos azuis e aquelas lágrimas... eu não era tão babaca; sofria pelo dia encoberto, pelo Cristo estrangulado em nuvens de magnésia bisurada e por estar vendo uma Guanabara que não existia mais lá do alto, chorei por causa de Tom Jobim & Vinicius de Moraes, e por quarenta anos e cinqüenta minutos de vôo ser tão pouco tempo para Joana e quase uma eternidade para mim, eu estava indo embora.

Este livro foi composto na tipologia Arrus BT,
em corpo 11/16, e impresso em papel off-white
80g/m², no Sistema Cameron da Divisão Gráfica
da Distribuidora Record.